Frédéric **Beigbeder**

Ferien im Koma

Roman

Aus dem Französischen von

Brigitte Große

Rowohlt Taschenbuch Verlag

Die Originalausgabe erschien 1994
unter dem Titel «Vacances dans le coma»
im Verlag Grasset & Fasquelle, Paris.
Die Übersetzung erfolgte nach der ebenfalls 1994
bei Grasset erschienenen Ausgabe
«Vacances dans le coma – nouvelle édition relue
et corrigée par l'auteur»

Deutsche Erstausgabe
Veröffentlicht im Rowohlt Taschenbuch Verlag GmbH,
Reinbek bei Hamburg, Juli 2002

Umschlaggestaltung Cordula Schmidt / Notburga Stelzer
(Foto: Axel Hoedt)
Autorenfoto © Manouelle Toussaint
Satz Trinité No. 2 PostScript (PageOne)
Gesamtherstellung Clausen & Bosse, Leck
Printed in Germany
ISBN 3 499 23191 3

Die Schreibweise entspricht den Regeln
der neuen Rechtschreibung.

Inhalt

Für Diane B.,
die mich überwältigt

Selbstkritik statt Vorwort

Um es gleich vorweg zu sagen: «Ferien im Koma» ist ein missglücktes Buch. Unglücklicherweise ist es aber auch mein bestes Buch.

Anfangs wollte ich den «Gatsby» unseres zu Ende gehenden Jahrtausends schreiben, einen Abriss unserer Epoche in zwölf Stunden (einen zweiten «Ulysses» – mindestens), und am Ende habe ich doch nur einen kleinen postmodernen Roman auf die Welt gebracht. Noch dazu ist «Ferien im Koma» ein schlechter Titel; ich musste ihn nehmen, weil «Geschlossene Gesellschaft» und «Reise ans Ende der Nacht» schon vergeben waren. Okay, ich habe die Latte ziemlich hoch gelegt (ich war noch jung).

Diese Beschreibung einer Pariser Nacht, Stunde für Stunde, von sieben Uhr abends bis sieben Uhr morgens, ist beklemmend und tragisch. Daher die etwas naive Idee, dass ich unbedingt die Regel der Einheit von Ort, Zeit und Handlung beachten wollte. Aber es steht ja nicht Racine darunter! Ich bin nur ein kleiner, frustrierter Ex-Nachtschwärmer, eitel und faul – ein Szene-Chronist wie Alain Pacadis, und noch nicht einmal tot. Jetzt, wo ich Kritiker der «Elle» bin, wird das niemand schreiben, also muss ich die Drecksarbeit machen.

Dass ein solcher Roman heute als Taschenbuch herauskommt, lässt für unsere Gesellschaft das Schlimmste befürchten. Wie Groucho Marx hätte ich mich weigern sollen, von einem Verlag verlegt zu werden, der bereit ist, noch ein Buch von mir zu verlegen. Aber ich war zu eitel (s. Absatz oben).

Und dann: Was für ein banales Thema! Party, Party, Party.

Seit Balzac, Proust und Fitzgerald heult man uns die Ohren voll mit der berühmten «mondänen Hoffnungslosigkeit». Über den Stil wollen wir lieber gar nicht erst reden: ein bisschen neo-neo-linkskonservativ, ein bisschen Antoine-Blondin-Abklatsch für die Kokainisten von Saint-Germain-des-Prés, gespickt mit plumpen Aphorismen, zu denen sich ein Kommissar San-Antonio in seinen schlechtesten Zeiten nicht herabgelassen hätte.

Nein, ehrlich, meiden Sie diesen Roman. Lesen Sie lieber Philippe Labro (ha ha ha)! Ich bin viel zu arrogant, als dass ich es ertragen könnte, wenn mein Buch über tausendmal verkauft wird (höchstens 750, einschließlich der Rezensionsexemplare). Ich möchte jeden Leser persönlich kennen. Das ist nicht bloß billige Selbstgeißelung oder falsche mediale Bescheidenheit. Wenn mein Roman massenhaft konsumiert würde, könnte ich mich wohl nie mehr davon erholen.

Frédéric Beigbeder

«Let's dance
The last dance
Tonight
Yes it's my last chance
For romance
Tonight.»

Donna Summer, Last Dance
Casablanca Records

«Zweite Romane entstehen aus einem Schwebezustand.»

Ich

19.00 Uhr

«Er frisiert sich, probiert Jacke und Schal, wie man eine Blume auf ein noch ungeöffnetes Grab wirft.»

Jean-Jacques Schuhl,
Rose Poussière

Marc Marronnier ist 27 Jahre alt, hat eine schöne Wohnung, einen lustigen Job und bringt sich trotzdem nicht um. Das ist nicht zu begreifen.

Es klingelt an der Tür. Marc Marronnier mag ziemlich viele Dinge: Fotos aus dem amerikanischen «Harpers Bazaar», irischen Whiskey ohne Eis, die Avenue Vélasquez, einen Song («God only knows» von den Beach Boys), Windbeutel mit Schokolade, ein Buch («Les Deux Veuves» von Dominique Noguez) und die verzögerte Ejakulation. Klingeln an der Tür gehört nicht zu diesen Dingen.

«Monsieur Marronnier?», fragt ihn ein Bote mit Motorradhelm.

«Höchstpersönlich.»

«Für Sie.»

Ein Bote mit Motorradhelm (er sieht aus wie Spirou beim Bol d'or) hält ihm einen Umschlag von ungefähr einem Quadratmeter hin und zittert dabei vor Ungeduld, als müsste er dringend pinkeln. Marc nimmt den Umschlag und gibt ihm ein 10-Franc-Stück, damit er aus seinem Leben verschwindet. Denn Marc Marronnier braucht in seinem Leben keine Boten mit Motorradhelm.

Im Umschlag findet er, was ihn nicht wundert, Folgendes:

EINE NACHT IM KLO

* * * * * * * * * * * * * * * *

Große Eröffnungsgala
Place de la Madeleine
Paris

Aber über das, was mit einer Heftklammer an der Einladung hängt, wundert er sich dann doch:

«Bis heute Abend, alte Schwuchtel!
Joss Dumoulin
Disc-Jockey»

Joss Dumoulin? Marc glaubte ihn endgültig im japanischen Exil. Oder tot.

Doch Tote machen keine Clubs auf.

Also streicht sich Marc Marronnier mit der Hand durch die Haare, was bei ihm Ausdruck einer gewissen inneren Zufriedenheit ist. Er wartet nämlich schon ziemlich lange auf diese «Nacht im Klo». Seit einem Jahr geht er täglich an der Baustelle dieser neuen Discothek vorbei, der «größten Disco von Paris». Und jedes Mal denkt er, dass bei der Einweihung eine Menge Sahneschnittchen dabei sein werden.

Marc Marronnier will ihnen gefallen. Vielleicht trägt er deshalb eine Brille. Seine Bürokollegen finden, dass er damit aussieht wie William Hurt in Hässlich. (Anm.: An Kurzsichtigkeit leidet er seit Ludwig dem Großen, an seiner verkrümmten Wirbelsäule seit dem Politikstudium).

Jetzt ist es offiziell: Marc Marronnier wird an diesem Abend Geschlechtsverkehr haben, was auch geschehen möge. Einen Moppel poppen oder nicht. Vielleicht auch mit mehreren, wer weiß. Sechs Präser har er in petto – er ist ein ehrgeiziger junger Mann.

Marc Marronnier fühlt, dass er bald sterben wird, in vierzig Jahren ungefähr. Er wird uns also noch weiter auf die Nerven gehen.

Mondäner Verräter, Salonrevoluzzer, Söldner auf Hochglanzpapier, ein Bourgeois, der sich seines bürgerlichen Lebens schämt, das darin besteht, Botschaften auf seinem Anrufbeantworter abzuhören und Botschaften auf anderen Anrufbeantwortern zu hinterlassen. Und zwar während er ein Mosaik aus dreißig Kabelsendern gleichzeitig guckt. Darüber vergisst er manchmal tagelang zu essen.

Er war schon am Tag seiner Geburt ein Has-been. Es gibt Länder, wo man alt stirbt; in Neuilly-sur-Seine wird man alt geboren. Blasiert, bevor sein Leben überhaupt anfing, kultiviert er jetzt sein Scheitern. So brüstet er sich damit, Bücher von hundert Seiten in einer Auflage von dreitausend Exemplaren geschrieben zu haben. Beim Abendessen gibt er Sätze von sich wie: «Die Literatur ist tot, daher begnüge ich mich damit, für meine Freunde zu schreiben», und leert dabei die Gläser seiner Tischnachbarinnen. Verzweifle nicht, Neuilly-sur-Seine!

Chronist des Nachtlebens, Konzeptioner-Texter, Schriftsteller-Journalist – Marc übt nur Berufe aus, die aus mindestens zwei Wörtern bestehen. Er kann nichts ganz machen. Er weigert sich, sich auf Kosten aller anderen Möglichkeiten für ein Leben zu entscheiden. Heutzutage, behauptet er, sei jeder verrückt, «es bleibt einem nur noch die Wahl zwischen Schizophrenie und Paranoia: Multiple Persönlichkeit oder allein gegen alle».

Denn wenn es etwas gibt, das er – wie alle Chamäleons (Fregoli, Zelig, Thierry Le Luron) – verabscheut, dann ist es die Einsamkeit. Deshalb existiert Marc Marronnier gleich mehrfach.

Delphine Seyrig ist am späten Vormittag gestorben, und jetzt ist es sieben Uhr abends. Marc hat seine Brille abgenommen, um sich die Zähne zu putzen. Damit soll angedeutet werden, dass er von Natur aus wechselhaft ist.

Ist Marc Marronnier glücklich? Jedenfalls ist er nicht zu bedauern. Er gibt jeden Monat viel Geld aus und hat keine Kinder. Und das ist doch das Glück: keine Probleme zu haben. Dennoch kommt es gelegentlich vor, dass sich ihm eine vage Besorgnis auf den Magen schlägt. Nur dumm, dass es ihm nicht gelingt herauszufinden, welche. Es ist eine Nicht Identifizierte Angst. Sie bringt ihn bei schlechten Filmen zum Weinen. Sicher fehlt ihm etwas, aber was? Gott sei Dank verfliegt das am Ende immer irgendwie.

Es wird ein komisches Gefühl sein, Joss Dumoulin nach dieser langen Zeit wieder zu sehen. Joss Dumoulin – «the million dollar DJ» titelte *Vanity Fair* letzten Monat –, ein alter Freund, der Karriere gemacht hat. Marc ist sich nicht sicher, ob er sich darüber freut, dass Joss so berühmt ist. Er kommt sich vor wie ein zwischen den Startblöcken eingeklemmter Kurzstreckenläufer, der seinen Freund unter dem Jubel der Menge aufs Podest steigen sieht.

Joss Dumoulin ist, kurz gesagt, Master of the Universe, denn er hat den wichtigsten Beruf der Welt in der mächtigsten Stadt der Welt: Er ist der beste Discjockey von Tokio.

Müssen wir noch daran erinnern, wie die Discjockeys an die Macht kamen? In einer so künstlichen, hedonistischen Gesellschaft wie der unseren interessieren sich die Bürger der ganzen Welt nur für eines: Partys. (Sex und Geld sind darin enthalten: Wer Geld hat, kann feiern, wer feiert, hat Sex. Und die Discjockeys haben das Fest völlig unter ihrer Kontrolle. Discos genügen ihnen nicht mehr, sie veranstalten «Raves», wo sie die Leute in Hangars, auf Parkplätzen, Baustellen oder Brachflächen tanzen lassen. Sie haben den Rock getötet, indem sie nacheinander Rap und House erfanden. Tagsüber beherrschen sie die Top 50, nachts die Clubs. Man kommt fast nicht mehr um sie herum.

Die Discjockeys remixen unser Leben. Niemand macht ihnen daraus einen Vorwurf. Da die Macht jedem anvertraut werden kann, ist ein Discjockey dafür mindestens so qualifiziert wie ein Filmschauspieler oder ein ehemaliger Notar. Ein feines Gehör, ein Minimum an Bildung und ein Gefühl für Übergänge reichen zum Regieren allemal.

Merkwürdiger Beruf: Discjockey. Irgendetwas zwischen Priester und Hure. Du gibst den Leuten alles, und sie geben dir nichts zurück. Du legst Platten auf, damit andere tanzen, lachen und mit der Schönen im engen Kleid flirten können. Dann gehst du allein nach Haus, die Platten unterm Arm. Discjockey sein ist ein Dilemma. Der Discjockey existiert nur durch die anderen: Er klaut anderen die Musik, um wieder andere danach tanzen zu lassen. Er ist eine Mischung aus Robin Hood (der stiehlt, um zu schenken) und Cyrano de Bergerac (der stellvertretend leben lässt). Kurz, der wichtigste Beruf unserer Zeit ist ein Beruf, der wahnsinnig macht.

Joss Dumoulin hat seine Jugend nicht wie Marc an einer Universität vergeudet. Als er zwanzig war, ist er nach Japan abgehauen, mit nichts im Gepäck als den drei F des Erfolgs: Faulheit, Falschheit, Feierlaune. Und warum Japan? «Wenn ich mir schon ein Sabbatjahr gönne», erklärte Joss, «dann doch im reichsten Land der Welt. Wo Kohle ist, da amüsiert man sich am besten.»

Offensichtlich ist aus dem Sabbatjahr ein Dauersabbat geworden. Joss ist rasch zum Maskottchen des Nippon-Nachtlebens mutiert. Seine Veranstaltungen im «Juliana's» gehen anscheinend unheimlich gut. Er ist auch im richtigen Augenblick gekommen, nebenbei bemerkt: Tokio ist gerade dabei, die Freuden der kapitalistischen Dekadenz zu entdecken. Die Minister werden immer korrupter, die Ausländer immer mehr. Tokios Jeunesse dorée kann gar nicht so viel Geld ausgeben, wie ihre Eltern besitzen. Kurz, Marc Marronnier hat den falschen Weg eingeschlagen.

Einmal war er bei Joss zu Besuch und hat es mit eigenen Augen gesehen: Wenn Joss Dumoulin das «Gold» betritt, fangen sämtliche Typen an, laut zu schniefen oder kleine Fetzen Löschblatt aufzuessen, während die Mädels auf Geisha machen, wenn er vorbeigeht. Marc hat Polaroids in seinen Schubladen, die das beweisen könnten.

Joss Dumoulin hat immer anstelle von Marc Marronnier gehandelt: Er schleppte die Frauen ab, die Marc nicht anzusprechen wagt. Er nahm alle Drogen, vor denen Marc Angst hat. Joss war stets das Gegenteil von Marc; vielleicht haben sie sich deshalb so gut verstanden, damals.

Marc trinkt nur Blubberzeugs: morgens Coca-Cola, nachmittags Guronsan, abends Wodka-Soda. Er füllt sich den ganzen Tag mit Bläschen. Als er sein Glas Alka-Seltzer zurückstellt (einmal ist keinmal), denkt er an die Bucht von Tokio, diesen so Stillen Ozean.

Er erinnert sich an eine Love-and-Sex-Nacht im obersten Stockwerk des «Gold», wo ein Dutzend von Joss' Freunden mit einem Schlitzauge schäkerten, einem kindlich wirkenden Mädchen mit Handschellen um die Knöchel. So was erlebt man dort jeden Abend.

Marc hat keine Chance: Seine Eltern erfreuen sich bester Gesundheit. Jeden Tag verschleudern sie ein Stück von seinem Erbe. Dagegen hat der Digitalsampler, eine Mitte der achtziger Jahre erfundene Maschine, Joss Dumoulin zu einem reichen und berühmten Mann gemacht. Mit Hilfe dieses Samplers kann man die besten Stellen aus jedem Musikstück klauen, um sie wie am Fließband in Dance-Hits zu recyceln. Dank dieser Erfindung ist aus dem Discjockey, der vorher nur eine schwache menschliche Jukebox war, ein richtiger Musiker geworden. (Wie wenn die Bibliothekare plötzlich anfingen, Bücher zu schreiben, oder die Museumskonservatoren auf einmal Bilder malten.) Joss hat das schnell begriffen: Im Handumdrehen überschwemmten seine Produktionen den Markt der japanischen Discos, das heißt, den Weltmarkt. Er musste nur alles, was in seinem Club gelandet war, zusammenmixen und seinem nächtlichen Publikum vorsetzen. Die Reaktionen verarbeiten, weglassen, wozu sie nicht tanzten, und behalten, was zog. Er probierte aus und zog seine Schlüsse – es gibt kein besseres Marktforschungsinstitut als eine Tanzfläche. So wird aus dir ein internationaler Star, während dein alter Freund einem sinnlosen Studium nachgeht.

Der kommerzielle Erfolg ließ nicht lange auf sich warten. Es war Joss, der als erster Vogelgezwitscher mit mesopotamischen Chören mischte – die Platte war in dreißig Ländern die Nr. 1, selbst in Sri Lanka und der GUS. Dann brachte Joss den Bossa-Soucouss nach einer Melodie aus den Goldberg-Variationen heraus – ein programmierter Megahit, der auf MTV Europe in Heavy Rotation lief. Marc lacht heute noch darüber, wenn er sich an diesen Sommer erinnert, wo man nach dem Clip für den Bossa-Soukouss von Dumoulino (gesponsort von Orangina) die Mädchen beim Tanzen an den Brüsten ziehen musste.

Und so weiter, und so weiter. Joss wurde sehr schnell reich. Georges Guétary, eingekleidet von Jean-Paul Gaultier, singt israelische Traditionals – von Joss produziert und dreiundzwanzig Wochen an der Spitze der französischen Top-Alben. Techno-Gospel als neues Genre – Joss. Das Instrumental, mit dem Saxophon von Archie Shepp und dem Schlagzeugsolo von Keith Moon (ja doch, natürlich, dieses Instrumental, durch das der Acid-Jazz aus der Mode kam) – Joss. Sylvie Vartan und Johnny Rotten im Duett – Joss. Wie Marc aus einem Artikel in *Vanity Fair* erfuhr (für den Joss von Annie Leibovitz fotografiert wurde, versunken in einem Berg von Tonbändern), plant Joss einen Remix vom Airbus-A320-Crash mit «Don't sleep in the subway, darling», gesungen von Petula Clark, Reden von Maréchal Pétain in einer Grunge-Version sowie ein Exklusivkonzert Luciano Pavarottis in Wembley, begleitet von der Gruppe AC / DC. Er hat noch viel vor. Seine kleptomane Phantasie ist so grenzenlos wie der Verkauf seiner CDs. Joss Dumoulin hat seine Epoche erkannt: Er produziert Patchwork.

Jetzt weiht er auch noch das «Klo» ein, den Club, auf dessen Eröffnung ganz Paris wartet. Das ist kein Scoop, Joss reist ständig durch die Welt, um irgendwo Veranstaltungen zu organisieren. Natürlich nicht irgendwo: Club USA (New York), Pacha (Madrid), Ministry of Sound (London), 90° (Berlin), Baby-O (Acapulco), Bash (Miami), Roxy (Amsterdam), Mau-Mau (Buenos Aires), Alien (Rom) und, klar, Space (Ibiza). Unterschiedliche Kulissen, vor denen je nach Saison offensichtlich dieselben Leute abzappeln. Marc ist ein bisschen sauer darüber, beschließt aber, nur die guten Seiten zu sehen. Schließlich kann Joss ihn mit den hübschesten Mädchen des Abends bekannt machen. Wenn er sie nicht will.

Marc verfügt über ein Netz an Informanten aus treuen Pressedamen und hauptberuflichen Starfuckern. Sie bestätigen ihm telefonisch, dass das «Klo» früher tatsächlich eine öffentliche Toilettenanlage war. Auf der Place de la Madeleine stehe eine riesige WC-Schüssel mit einer zwei Meter langen Rolle aus rosa Papier als Baldachin über dem Eingang. Die Hauptattraktion des neuen Clubs werde das Pariser Nachtleben völlig revolutionieren: eine runde Tanzfläche in Form einer Klobrille, absenkbar und mit einer gigantischen Wasserspülung ausgestattet, die zu einem noch geheim gehaltenen Zeitpunkt die Tanzenden mit sprudelndem Wasser überfluten werde. Außerdem, erfährt Marc, seien die Einladungen absichtlich erst so spät verschickt worden, dass sie die Gäste am Eröffnungsabend im letzten Moment erreichten: wegen des Überraschungseffekts. Marc vermutet, dass es den meisten interessanten Leuten ganz zufällig gelingen wird, sich von ihren diversen Verpflichtungen freizumachen.

Und doch hat er die Qual der Wahl an diesem Abend. Marcs Couchtisch ist voller Möglichkeiten: eine Vernissage mit Performance in der Rue des Beaux-Arts (wahrscheinlich schneidet sich der Maler um 21 Uhr beide Hände ab), ein Diner im «Arc» zu Ehren des Halbbruders eines Freundes des Bassisten von Lenny Kravitz, ein Kostümball in der ehemaligen Renault-Fabrik in Issy-les-Moulineaux zur Markteinführung eines neuen Parfüms («A la Chaîne» von Chanel), ein Privatkonzert der neuesten britischen Band (The John Lennons) im «Cigale», ein sexy Abend bei Denise zum Thema «Heterosexuelle Lesben als Drag Queens in Leder» und eine Rave-Party im «Élysée». Doch Marc weiß, dass die einzige Frage, die im Moment die ganze Stadt bewegt, lautet: «Gehst du heute Abend ins ‹Klo›?» (Nichteingeweihte laufen Gefahr, die falsche Antwort zu geben und so mit einem Schlag ihre Unwissenheit und persönliche Probleme zu offenbaren.)

In seinem Bad hat Marc gut reden: Heute Abend wird er Mädchen küssen, ohne dass er ihnen vorgestellt wurde. Er wird mit Personen schlafen, die er nicht kennt und vorher nicht fünfzehnmal zum Essen ausgeführt hat.

Doch damit kann er niemanden beeindrucken, am wenigsten sich selbst. Er weiß genau, dass er im Grunde nur das gleiche will wie alle seine Freunde: sich wieder verlieben.

Er nimmt ein weißes Hemd und eine dunkelblaue Krawatte mit weißen Pünktchen, er rasiert sich, besprüht sich mit Eau de Toilette, brüllt vor Schmerz und verlässt das Haus. Nur keine Panik aufkommen lassen!

Er denkt: «Alles muss Mythos werden, weil alles mythisch ist. Gegenstände, Orte, Daten, Menschen sind Mythen im Werden, sie brauchen nur noch eine Legende. Jeder, der 1940 in Paris lebte, wurde zu einer Figur Modianos. Wer 1965 die Schwelle zu einer Londoner Bar überschritt, hat mit Mick Jagger gevögelt. Eigentlich ist es keine Hexerei, zum Mythos zu werden – man muss nur warten, bis man dran ist. Carnaby Street, die Hamptons, Greenwich Village, der Lac d'Aiguebelette, der Faubourg Saint-Germain, Goa, Guéthary, der Paradou, Mustique, Phuket – du kannst dich ruhig langweilen, in zwanzig Jahren wirst du dich damit brüsten, dass du damals dort warst. Zeit ist ein Sakrament. Du findest dein Leben zum Kotzen? Warte, bis du zum Mythos wirst.» Wenn er zu Fuß ging, fielen ihm immer solche Sachen ein.

Ein Mythos und *gleichzeitig* am Leben zu sein ist das Schwerste. Joss Dumoulin hat es vielleicht geschafft.

Steckt ein lebender Mythos eigentlich die Hände in die Hosentaschen? Trägt er einen Kaschmirschal? Legt er Wert auf eine «Nacht im ‹Klo›»?

Marc versichert sich, dass sein Netz nicht bis hierhin reicht – nein, es ist also ganz normal, und er muss sich keine Gedanken darüber machen, dass sein Telefon nicht klingelt. Marc wird auch die nächsten sechshundert Meter unerreichbar sein.

Früher ging er jeden Abend aus, nicht nur aus beruflichen Gründen. Gelegentlich traf er dabei einen gewissen Jocelyn du Moulin (doch, ja, der hieß damals so; das Adelsprädikat ist erst seit kurzem verschwunden; Joss ist ein unechter Bürgerlicher).

Die Sonne scheint, also singt Marc «Singing in the rain». Immer noch besser, als im Regen «Wochenend und Sonnenschein» zu trällern (vor allem am Mittwoch).

Paris ist ein unechtes Filmdekor. Marc Marronnier würde es vorziehen, wenn alles aus echtem Pappmaché wäre. Ihm ist der falsche Pont-Neuf, den Leos Carax auf dem platten Land errichten ließ, lieber als der echte, den Christo verpackt hat. Er wünschte, die ganze Stadt wäre aus freien Stücken künstlich, statt immer nur so zu tun, als wäre sie wirklich. Sie ist viel zu schön, um wahr zu sein! Er wünschte, die Schatten an den Fenstern wären Silhouetten aus Karton und würden von einem elektrisch betriebenen Keilriemensystem bewegt. Leider fließt in der Seine richtiges Wasser, sind die Gebäude aus behauenen Steinen fest gefügt, werden die Passanten, denen er begegnet, nicht als Statisten bezahlt. Getrickst wird anderswo und raffinierter.

In letzter Zeit trifft Marc weniger Leute. Er wählt mehr aus. Man nennt das auch Altern. Er findet's furchtbar, auch wenn es anscheinend ein weit verbreitetes Phänomen ist.

Er wird heute Abend mit Frauen flirten. Warum ist er eigentlich nicht schwul? Erstaunlich, wenn man sein dekadentes Umfeld kennt, seine Berufe, die ihn zum Kreativen machen, und seine Lust an der Provokation. Und das ist genau der Punkt: Gay sein ist ihm zu angepasst. Die einfachste Lösung. Außerdem hasst er haarige Wesen.

Man wird sich damit abfinden müssen: Marronnier ist die Art von Mann, die Pünktchenkrawatten trägt und mit Frauen flirtet.

Es war einmal er und der Rest der Welt. Er ist bloß ein Typ, der den Boulevard Malesherbes hinuntergeht. Hoffnungslos banal, das heißt einzigartig. Immerhin geht er zur Nacht des Jahres. Erkennen Sie ihn wieder? Er hat nichts Besseres zu tun. Sein Optimismus ist unverzeihlich. (Dazu ist anzumerken, dass die Flics nie seinen Ausweis kontrollieren.) Ganz ungestraft geht er zum Fest. «Das Fest ist immer das, worauf man wartet», sagt Roland Barthes in seinen «Fragmenten einer Sprache der Liebe».

«Halt's Maul, toter Mythos», murrt Marronnier. «Vor lauter Warten wird man am Ende doch IMMER vom Lieferwagen einer Wäscherei totgefahren.»

Ein paar Schritte weiter hat Marc seine Meinung geändert. «Eigentlich hat Barthes Recht, ich tue nichts anderes mehr als warten, und ich schäme mich dafür. Mit sechzehn wollte ich die Welt erobern, Rockstar, Filmheld, ein großer Schriftsteller oder Präsident werden oder jung sterben. Mit siebenundzwanzig habe ich schon resigniert, Rockmusik ist zu kompliziert, zum Film zu kommen zu schwierig, die großen Schriftsteller sind zu tot, die Republik ist zu korrupt, und ich will so spät wie möglich sterben.»

20.00 Uhr

«Mein streunendes Nichtstun lebt und befreit
sich durch die Vielfalt der Nacht.
Die Nacht ist ein langes einsames Fest.»

Jorge Luis Borges,

Beinahe Jüngstes Gericht, aus: Mond gegenüber

Man soll ja gefährlich leben, aber gelegentlich isst Marc gern eine Kleinigkeit bei Ladurée.

Um nicht überpünktlich zu sein, bestellt er eine heiße Schokolade und dichtet diesen zweisprachigen Vierzeiler:

> Ein Mann mit einem Schlangenhals
> Umschlang ihn gern mit langen Schals
> And in her mouth he came
> Drinking Château-Yquem.

Die alte Kellnerin bringt ihm seine Tasse, und plötzlich packt ihn die Panik: Der Kakao kommt sicher aus Afrika, er wurde gepflückt, dann in die Fabrik von Van Houten transportiert, verarbeitet, in Pulver verwandelt, weitertransportiert, dann wurde eine normannische Kuh, die in einer anderen Fabrik (Candia oder Lactel?) eingesperrt ist, gemolken, die Milch erhitzt, der Topf beobachtet, dass die Milch nicht überkochte, kurz, Tausende von Menschen mussten schuften, damit er seine heiße Schokolade jetzt kalt werden lässt. Der ganze Aufwand für diese kleine Tasse. Vielleicht sind ein paar Arbeiter von riesigen Pressen zerquetscht worden, nur damit Marc jetzt in seinem Kakao rühren kann. Es ist, als würden all diese Leute ihm dabei zusehen und sagen: «Trink deine Schokolade, Marc, solange sie heiß ist, du kannst nichts dafür, wenn diese Tasse so viel kostet, wie wir im Jahr verdienen.» Er zieht seine Stirn in Falten, steht auf und macht sich vom Acker. Sie wissen ja bereits, dass er zur Unvernunft neigt. Geometrische Muster auf einem Gemälde können ihn erschrecken, auch Ziffern auf Nummernschildern, sogar ein Pizza fressender Fettsack.

Die Église de la Madeleine steht immer noch auf ihrem Platz. Vor dem Eingang zum «Klo» stauen sich schon die Massen. Eine Choreographie mit Gaffern, Paparazzi und Paparazzi-Gaffern. Aus riesigen Lautsprechern erklingt Franz Schuberts Lied «An die Nachtigall», gemixt mit «The Nightingale» von Julee Cruise. Joss Dumoulins erste Trouvaille an diesem Abend offenbar.

Die gigantische weiße Marmorschüssel schwimmt in künstlichem Nebel, um sie herum kreisen vertikale Strahlen, die den Himmel erhellen. Das Ganze sieht aus wie die Lichtzylinder für das Beamen in «Star Trek» oder wie eine Warnung vor den V2-Raketen im Blitzkrieg über London. Die Neugierigen ballen sich an der Tür wie Spermien um ein Ei.

«Und wer sind Sie?», blafft der zweibeinige Pitbull, der den Eingang bewacht. Da eine ehrliche Antwort auf diese Frage Stunden in Anspruch nehmen würde, sagt Marc nur: «Marronnier.» Der Pitbull gibt diese Auskunft an sein Walkie-Talkie weiter. Stille. Jedes Mal dasselbe, wenn man ausgeht: «Wir checken die Guest-list.» Der Türsteher wird allgemein Zerberus genannt, das ist aber falsch: Er stammt in direkter Linie von der thebeischen Sphinx ab. Seine Rätsel können zu echten existentiellen Problemen führen. Marc fragt sich, ob er ihm die richtige Antwort gegeben hat. Schließlich empfängt der Pitbull ein zustimmendes Knarzen aus seinem Hörer. Marc existiert! Er ist auf der Liste, also ist er! Der dienstbare Geist lüpft ehrerbietig die Kordel, um Marc einzulassen. Die Menge teilt sich vor ihm wie das Rote Meer vor Moses, nur dass Marc glatt rasiert ist.

Ein Mosaik an der Wand besagt, dass das Gebäude von den «Établissements Porcher, Paris-Revin 1905» erbaut wurde. Genau darüber hängt ein kleines blaues Hologramm, das ein lachendes, nacktes Mädchen mit einem Tattoo auf dem Bauch zeigt, darunter die Inschrift: «Das ‹Klo›, Paris-Tokio 1993».

Joss Dumoulin begrüßt die Gäste am Eingang, hinter der Metalldetektor-Schranke und dem Fernsehteam, das seine Scheinwerfer montiert. Er hat eins-A-gegelte Haare, einen zweireihigen Smoking, vierschrötige Leibwächter und ein tragbares Telefon.

«Eeeeyyy! Die große Diva Marronnier! Wie viele Jahre ist das jetzt her?»

Sie umarmen sich leidenschaftlich, Showbiz-mäßig; auf diese Weise können sie verbergen, dass sie wirklich bewegt sind.

«Schön, dich wieder zu sehen, Jocelyn.»

«Nenn mich nie wieder so, du Arsch», lacht Joss. «Ich bin jetzt jung!»

«Und du eröffnest dieses Ding hier?», fragt Marc.

«Das Örtchen? Neiiiin, das Lokal gehört meinen japanischen Freunden – na, du weißt schon, die haben alle einen Finger zu wenig ... aber ich freu mir ja ein Loch in den Bauch, dass du gekommen bist, Alter!»

«Wenn schon mal einer von uns Erfolg hat im Leben ... Das kann ich mir doch nicht entgehen lassen. Außerdem wollte ich wissen, wie man es anstellt, ‹Joss Dumoulin› zu werden.»

«So funktioniert halt heutzutage das Starsystem! Aber ich werde dir mein Geheimnis verraten: Talent. Und? Du lachst nicht? Seit ich bekannt bin, lachen die Leute wie blöd über meine Witze. Mach das gefälligst genauso!»

«Ah, ah, ah!», bemüht sich Marc. «Welch Witz! Okay, alles

ganz schön und gut, aber kannst du mir mal die Nymphomaninnen zeigen?»

«Nicht so hektisch, du ‹Reuben›! How arrre youu, Baroness?»

Joss Dumoulin presst die Baronin Truffaldine an sich wie ein Verhungernder ein Stück Brot, dabei sieht sie eher aus wie ein Fettkloß, in dem eine Gleitsichtbrille steckt. Dann dreht er sich wieder zu Marc um:

«Hol dir doch was zu trinken, du komische Kastanie, ich komm gleich nach. Hier sind alle nymphoman! Und ich muss meine sechshundert nymphomanen Freunde empfangen. Da, Marguerite zum Beispiel. Oh my God, Marguerite, you look SO nymphomaniac!»

Spricht er doch tatsächlich Marjorie Lawrence, ein berühmtes Mannequin der fünfziger Jahre weit in den Fünfzigern, mit einem falschen Vornamen an! Marc küsst ihr (in einem Anflug urbaner Gerontophilie) formvollendet die Hand. Die Entstellung von Eigennamen scheint ein Lieblingssport von Joss zu sein. Seine Sympathiebeweise sind wie sympathetische Tinte: flüchtig.

Marc gehorcht und geht an die Bar. Er muss ihm das so bald wie möglich heimzahlen.

Wichtiger Hinweis: Er legt die Stirn nicht mehr in Falten.

«Zwei Lobotomie auf Eis, bitte!»

Er hat sich angewöhnt, Getränke paarweise zu bestellen, besonders wenn sie nichts kosten. Das dient ihm später als Vorwand, nicht jedem die Hand zu geben.

Die Architekten haben den Rokokostil der Toiletten aus der Zeit der Jahrhundertwende beibehalten und aus dem Riesenraum ein neobarbarisches Hightech-Delirium erschaffen, wie es ihren japanischen Gesellschaftern vermutlich gefällt. Zwei gigantische Ebenen bilden ein Klo von rund dreißig Metern Durchmesser. Das Erdgeschoss mit einer kreisförmigen Verbindungsbrücke, auf der rundherum kleine Tischchen stehen, ist die WC-Brille. Unten befindet sich die Tanzfläche, wo schon für das Souper gedeckt ist. Dazwischen thront wie eine riesige Seifenblase die transparente Kabine des Discjockeys, die den Raum dominiert und durch zwei weiße Rutschen mit dem Dancefloor verbunden ist. Der Ort ruft bei Marc das unangenehme Gefühl hervor, in einen Kupferstich von Piranesi geraten zu sein.

Noch ist kaum jemand da. Kein schlechtes Zeichen, denkt er. Eine Veranstaltung, bei der sich draußen alle drängeln und drinnen keiner ist, fängt schon mal gut an.

«Na, Marc, beim Aufwärmen?», fragt Joss, der ihm an die obere Bar nachgekommen ist.

«Ich komme gern zu früh – um Kräfte zu sammeln.»

Und da er sich irgendwie schuldig fühlt, hält Marc Joss eines von seinen beiden Gläsern hin.

«Danke, ich trinke nicht. Ich hab was viel Besseres. Komm, ich zeig dir was.»

Marc folgt ihm in ein Hinterzimmer, wo Joss eine Streichholzschachtel aus dem «Waldorf Astoria» herausholt.

«Hör mal, Joss, wenn du glaubst, du kannst mich damit beeindrucken … Ich habe einen Aschenbecher und einen Bademantel aus dem ‹Pierre› zu Hause.»

«Warte doch, Liebling …»

Joss öffnet die kleine Kartonschublade. Sie ist voll weißer Kapseln.

«Euphoria. Du schluckst eine, und du wirst, wer du bist. Jede Kapsel entspricht zehn Ecstasy-Pillen. Komm, zier dich nicht, in Paris gibt's ja scheinbar gar nichts mehr!»

Marc hat keine Zeit mehr zu protestieren, Joss steckt ihm einfach eine in die Tasche und verschwindet, irgendwelche Namen brüllend, Richtung Ausgang. Der Schwachkopf liebt ihn. Aber es ist Verschwendung: Marc hat Muffe vor dem Mist. Im Allgemeinen nehmen Leute aus Feigheit Drogen. Er nimmt aus Feigheit keine.

Das alles hat ihn nicht viel weitergebracht. Er weiß immer noch nicht, wo die Nymphomaninnen sind.

Mechanisch tastet er nach der Kapsel in seiner Jackentasche – vielleicht kann er sie doch noch gebrauchen. Der Cocktail ist ihm bereits zu Kopf gestiegen. Dabei hat ihm der Arzt verboten, auf nüchternen Magen zu trinken. Doch Marc findet das Gefühl so wunderbar, wenn das erste Glas in seinen leeren Magen rinnt. Außerdem fragt er sich immer, was ihm mehr zusetzt: der Alkohol oder das Aspirin danach, das Gift oder das Gegengift?

Die Stimme Saddam Husseins aus den Lautsprechern verschmilzt mit einem synthetischen Raï-Remix. Auf den Bildschirmen sind Bilder vom Krieg in Jugoslawien zu sehen. Joss Dumoulin bringt alles durcheinander, das ist sein Job.

Marc denkt, dass er gern Discjockey geworden wäre. Das ist immerhin eine Möglichkeit, Musiker zu sein, ohne sich mit Instrumenten abplagen zu müssen. Etwas zu erschaffen, ohne sich darum zu kümmern, ob man Talent hat. Ein gutes System eigentlich.

Der Club füllt sich allmählich, ganz im Gegensatz zu den Gläsern. Marc lehnt an der Bar und betrachtet die Ankunft der

Gäste. Butler nehmen ihnen im Austausch gegen eine Garderobennummer die Mäntel ab. Ein berühmter Waffenhändler kommt herein, eine hinreißende Huri an jedem Arm. Schwer zu sagen, welche von beiden die Frau und welche die Tochter ist? Die beiden Mulattinnen haben sich mehr als einmal liften lassen. Die sexy Toiletten, die sie tragen, sind ausgeliehen, ihr Verhalten abgekupfert. Sämtliche Cliquen sind hier repräsentiert: linkes Seine-Ufer, rechtes Seine-Ufer, die Inseln dazwischen, XVI. Arrondissement Nord, XVI. Arrondissement Süd, XVI. Arrondissement Mitte, Quai Conti, Place des Vosges, dazu ein paar Exoten aus dem Ritz, der Avenue Junot (PLZ 75018), aus Kensington, von der Piazza Navona, vom Riverside Drive ...

Das Fest holt Luft. Jeder Neuankömmling symbolisiert ein Universum, jeder ist Munition für später, Zutat für Joss' höllisches Rezept. Als wollte er die ganze Welt an einem Ort versammeln, den Planeten für diese Nacht auf einen Punkt zusammenschnurren lassen. Ein Abend für Schrumpfkopfindianer. Marc darf bei der Geburt des Fests dabei sein. Zwischen Fest und Leben besteht kein Unterschied: Sie kommen auf die gleiche Art zur Welt, wachsen und gehen auf die gleiche Art zugrunde. Und am Ende gibt es jedes Mal den gleichen Scherbenhaufen, man stellt die umgestoßenen Stühle wieder auf, fegt die Reste zusammen, ach, diese Schweinebande hat wieder mal alles versaut.

Diese gedankliche Abschweifung lässt sich vielleicht durch die Tatsache erklären, dass Marc schon seinen zweiten Cocktail trinkt.

Es ist nahezu unmöglich geworden, Marc Marronnier, den Dandy, zu beeindrucken. Er kann einem fast Leid tun, wie er da allein an der Bar sitzt und verzweifelt um den Blick einer der schönen Frauen bettelt, die die Treppe herunterkommen. Die Piercing-Fans lassen den Metalldetektor anschlagen. Marc ist, ohne zu verreisen, bis ans Ende der Nacht gelangt. Er holt seinen Post-it-Block heraus und schreibt diesen letzten Satz auf, um ihn vergessen zu können.

Er beobachtet Joss Dumoulin, der von einem zum anderen flattert, und bestellt sein drittes Glas auf Kosten des Hauses. Er fragt sich, was aus den Idolen seiner Jugend wurde. Es stimmt, dass er Jim Morrison nicht kannte – seine Idole hießen Yves Adrien, Patrick Eudeline, Alain Pacadis. Wir haben die Vorbilder, die die Epoche uns aufdrängt. Einige sind verschwunden; bei den anderen ist es schlimmer: Wir haben sie vergessen.

Jetzt beachtet Marc seine Umgebung überhaupt nicht mehr. Wie besessen kritzelt er auf seine gelben Post-its:

WAS ICH VERGESSEN HABE

Ich habe die achtziger Jahre vergessen, dieses Jahrzehnt, in dem ich zwanzig wurde und begriff, dass ich sterblich bin.

Ich habe den Titel des einzigen Romans von Guillaume Serp vergessen (der nach dem Erscheinen an einer Überdosis starb).

Ich habe die Models Beth Todd, Dayle Haddon und Christie Brinkley vergessen.

Ich habe «Métal hurlant», «City», «Façade», «Elles sont de sortie» und «Le Palace Magazine» vergessen.

Ich habe die Liste der Ex-Lover von Hervé Guibert vergessen.

Ich habe die Rue Sainte-Anne sieben und das Schwimmbad in der Rue de Tilsitt vergessen.

Ich habe «Tainted Love» von Soft Cell und «Fade to Grey» von Visage vergessen.

Ich habe Yves Mourousi vergessen.

Ich habe die Gesammelten Werke von Richard Bohringer vergessen.

Ich habe die Bewegung «Allons-z-idées» vergessen.

Ich habe die Comics von Bazooka vergessen.

Ich habe die Filme von Divine vergessen.

Ich habe die Platten von Human League vergessen.

Ich habe die zwei unpopulären Alains vergessen: Savary und Devaquet. (Und welcher von den beiden ist eigentlich tot?)

Ich habe den Ska vergessen.

Ich habe Millionen Stunden Verwaltungsrecht, Staatliches Finanzwesen und Politische Ökonomie vergessen.

Ich habe zu leben vergessen (ein Lied von Johnny Hallyday).

Ich habe vergessen, wie Russland in den ersten drei Vierteln des 20. Jahrhunderts hieß.

Ich habe Yohji Yamamoto vergessen.

Ich habe das gesamte literarischen Werk von Hervé Claude vergessen.

Ich habe die Bar «Le Twickenham» vergessen.

Ich habe die Kinos «Cluny» an der Ecke Boulevard Saint-Germain / Rue Saint-Jacques, «Bonaparte» an der Place Saint-Sulpice und «Studio Bertrand» in der Rue du Colonel-Bertrand vergessen.

Ich habe das «Élysée-Matignon» vergessen und das «Royal Lieu».

Ich habe TV6 vergessen.

Ich habe mich vergessen.

Ich habe vergessen, wie Bob Marley gestorben ist und welches Schlafmittel Dalida nahm.

Ich habe Christian Nucci und Yves Chalier vergessen. (YVES CHALIER – wie kann man bloß auf diesen Namen kommen?)

Ich habe Darie Boutboul vergessen.

Ich habe «La Salle des bains» vergessen (war das ein Film oder ein Buch?).

Ich habe vergessen, wie man Rubik's Cube spielt.

Ich habe den Namen des portugiesischen Fotografen vergessen, der im falschen Moment seine Filme von der «Rainbow Warrior» holen wollte.

Ich habe das vergessen, was «mentales Aids» bedeutet.

Ich habe Jean Lecanuet und Sigue Sigue Sputnik vergessen. Und Björn Borg.

Ich habe das «Opéra Night» vergessen, das «Eldorado» und das «Rose Bonbon».

Ich habe die Namen der Geiseln im Libanon vergessen, außer Jean-Paul Kauffmann.

Ich habe die Marke des Wagens vergessen, der vor dem Tati in der Rue de Rennes stand, als dort die Bombe explodierte (Mercedes? BMW? Porsche? Saab Turbo?).

Ich habe vergessen, dass es zweifarbige Weston-Schuhe in Braun und Schwarz gab.

Ich habe die «Treets» vergessen, die «Drei Musketiere» und die «Daninos».

Ich habe das violette «Fruité» mit Apfel und schwarzer Johannisbeere vergessen.

Ich habe die Gruppe Partenaire Particulier und «Peter et Sloane» vergessen. Und Annabelle Mouloudji. Und «Boule de flipper» von Corinne Charby! (Nein, daran erinnere ich mich noch.)

Ich habe die Académie Diplomatique Internationale, France-Amérique, die American Legion, den Cercle Interallié, den Automobile Club de France, den Pavillon d'Ermenonville, den Pavillon des Oiseaux, das Pré Catelan und den Pool des «Tir aux Pigeons» vergessen.

(Nein, das stimmt nicht, wie könnte ich den Pool des «Tir aux Pigeons» vergessen, wo wir um vier Uhr morgens waren, nackt, und die Hunde hinter uns her!)

Für das Abendessen unten gibt es Platzkärtchen. Endlich entdeckt Marc seinen Tisch. Sein Name steht auf einem kleinen Kärtchen zwischen dem für Irène de Kazatchok (einer gewöhnlich tief dekolletierten Torte) und dem für Loulou Zibeline (einer halbwegs coolen reichen Schnitte). Sie sind beide noch nicht da. Welche wird Marc zuerst angraben – falls sie nicht beschließen sollten, ihm abwechselnd einen zu blasen? Seine rechte Hand in der Korsage der einen, seine linke unter dem Hintern der anderen? Fast hätte Marc einen Ständer gekriegt.

Gott sei Dank schreckt ein wichtiger Verbündeter Marc aus seinen Phantasien: Fab. Er trägt einen Kittel aus Lycra, eng und schimmernd. Sein Kopf ist so rasiert, dass auf der wasserstoffblonden Schläfe das Wort «FLY» zu lesen ist. Fab könnte aus einer Verbindung zwischen Jean-Claude Van Damme und einer Ninja Turtle stammen. Er spricht ausschließlich Hypno. Er ist der netteste Springteufel der Welt, nur dumm, dass er ein Jahrhundert zu früh das Licht der Welt erblickte.

«Yo Chestnut-Tree*! Das sieht hier nach air fresh aus!»

«Yep Fab, wir sitzen übrigens am selben Tisch», antwortet Marc.

«Mega! Das wird hier richtig krachen, hab ich das Gefühl!»

Jedenfalls wird keine Langeweile aufkommen.

* Marronnier (Kastanienbaum) auf Englisch. Englisch ist sehr hypno. (Anm. d. Autors)

21.00 Uhr

«Ich schreibe, es wird dunkel, die Leute gehen essen.»
Henry Miller,
Stille Tage in Clichy

Gruppen gestalten sich, Gestalten gruppieren sich. Man wird wohl bald an den Tischen Platz nehmen. Geduldig steht herum, was man wohl als die nächtliche Elite der westlichen Welt bezeichnen muss. Eine Hundertschaft VIPs, die man die Unentbehrlichen Nutzlosen nennen könnte.

Alles trieft vor Geld. Jeder mit weniger als zwanzig Lappen in der Tasche wäre hier schon verdächtig. Aber niemand gibt damit an. Alle Plutokraten wollen als Künstler gelten. Man muss schon Modefotograf oder Chefredakteur (oder Vize) oder Fernsehproduzent sein oder «an den letzten Seiten meines Romans» oder Serienmörder. Nichts ist hier blöder, als nicht *an etwas* zu arbeiten. Marc Marronnier hat die Guest-list geklaut, um diese Population besser einschätzen zu können. Jetzt ist er beruhigt: Es sind dieselben wie gestern Abend und wie morgen Abend.

Die oben sitzen, sind froh, einen Tisch zu haben. Die unten sitzen, sind froh, keinen Tisch oben zu haben.

EINE NACHT AUF DEM KLO

Eröffnungs-Souper - VIP List

Gustav von Aschenbach

Susanne Bartsch

Patrick Bateman

Die Brüder Baer

Henry Balladur

Gilberte Bérégovoy

Helmut Berger

Lova Bernardin

Leigh Bowery*
Manolo de Brantos
Carla Bruni-Tedeschi
Die Söhne Castel
Pierre Celeyron
Chamaco
Henry Chinaski
Louise Ciccone
Clio
Familie Alban de Clermont-Tonnerre
Matthieu Cocteau
Daniel Cohn-Bendit
Francesca Dellera
Jacques Derrida
Antoine Doinel
Boris Jelzin
Fab
Die Schwestern Favier
Seine Exzellenz der Konsul Geoffrey Firmin
Paolo Gardénal
Agathe Godard
Jean-Michel Gravier*
Jean-Baptiste Grenouille
Die Hardissons
Faustine Hibiscus
Ali de Hirschenberger
Audrey Horne
Herbert W. Idle IV

* Diese beiden Gäste hatten die Taktlosigkeit, nach Erscheinen dieses Buches zu sterben. (Anm. d. Autors)

Jade Jagger
Joss + friends
Solange Justerini
Foc Kann
Irène de Kazatchok
Christian und Françoise Lacroix
Marc Lambron
Marjorie Lawrence
Serge Lentz + die Tigerin
Arielle Lévy + 2
Roxanne Lowit
Homero Machry
Benjamin Malaussène
Marc Marronnier
Elsa Maxwell
Baron von Meinerhof
Virginie Mouzat
Thierry Mugler
Roger Nelson
Constance Neuhoff
Masoko Ohya
Paquita Paquin
Roger Peyrefitte
Ondine Quinsac
Guillaume Rappeneau
Ehepaar Rohan-Chabot + Eltern
Gunther Sachs
Eric Schmitt
William K. Tarsis III
Prinzessin Gloria von Thurn und Taxis
Lise Toubon

Baron und Baronin Truffaldine
Inès und Luigi d'Urso
José-Luis de Villalonga
Denis Westhoff
Ari und Emma Wizman
Oscar von Württemberg
Alain Zanini
Zarak
Loulou Zibeline

(Erleichtert stellt Marc fest, dass kein Mitglied der Regierung eingeladen ist.)

Er deklamiert diese Liste mit lauter Stimme, um den Klang der Eigennamen zu betonen.

«Hört euch das an!», ruft er aus dem Background, «das ist die Musik versprengter Existenzen.»

«Sagen Sie, Marc», unterbricht ihn Loulou Zibeline, «wussten Sie, dass Angelo Rinaldi über diese öffentlichen Toiletten geschrieben hat?»

«Tatsächlich?»

«Aber ja! ‹Beichte in den Hügeln›, wenn mein Gedächtnis mich nicht trügt.»

«Also nein, das Klo als Beichtstuhl? Eine völlig neue Sicht! Das sollten wir begießen!» (Das sagt Marc immer, wenn er nicht weiterweiß.)

Loulou Zibeline (40), Journalistin bei der italienischen *Vogue*, hat sich auf Thalassotherapie in Biarritz und tantrischen Orgasmus spezialisiert (zwei Interessenschwerpunkte, die nicht zwangsweise unvereinbar sind). Auf ihrer langen Nase sitzt eine große rote Brille. Sie trägt die gleichgültige Miene von Frauen zur Schau, denen nur noch selten der Hof gemacht wird.

«Madame», fängt Marc wieder an, «es tut mir Leid, das sagen zu müssen, aber Sie sitzen neben einem Sexbesessenen.»

«Das muss Ihnen nicht Leid tun, das gibt sich», antwortet sie und sieht ihn an. «Aber Sie machen mir Angst: Alle Männer sind sexbesessen. Wenn sie darüber reden, ist das ein schlechtes Zeichen.»

«Vorsicht, ich habe nie behauptet, dass ich gut im Bett bin! Man kann von etwas besessen sein und es trotzdem nicht können.»

Marc rühmt sich stets, sexuell der größte Versager von Paris zu sein. Das reizt die Frauen, es auszuprobieren, und stimmt sie im Allgemeinen milde.

«Sie scheinen sich mit der Materie ja auszukennen», fährt Marc fort. «Können Sie mir vielleicht sagen, welche Sätze am besten geeignet sind, einen Flirt zu beginnen? So in der Art ‹Wohnen Sie noch bei Ihren Eltern?› oder ‹Gehören diese schönen Augen Ihnen› usw., na, Sie wissen schon. Ich könnte das heute Abend gut gebrauchen, weil ich etwas aus der Übung bin.»

«Ach, mein Lieber, der erste Satz ist gar nicht so wichtig. Es ist Ihr Kopf, der verführt, oder eben nicht, Punkt, Ende. Aber es gibt ein paar Fragen, auf die alle Frauen reinfallen. Zum Beispiel: ‹Haben wir uns nicht schon irgendwo einmal gesehen?›, banal, aber beruhigend. Oder: ‹Sie sind nicht zufällig ein Top-Model?›, denn niemand auf der ganzen Welt wird Ihnen ein Kompliment verübeln. Obwohl eine Beleidigung manchmal auch ganz gut zieht, etwa: ‹Würden Sie freundlicherweise Ihren dicken Hintern hier wegbeamen, man kommt ja gar nicht dran vorbei!› Das kann funktionieren (natürlich nur, wenn die Frau nicht allzu mollig ist).»

«Sehr interessant!» Marc macht sich Notizen auf seinen

Post-its. «Und wie finden Sie eine Frage in der Art: ‹Kannst du 800 Francs in Münzen wechseln?›»

«Zu abwegig.»

«Oder: ‹Bist du auch der Ansicht, dass wir nichts miteinander anfangen können?›»

«Zu loser-mäßig.»

«Und die (meine liebste): ‹Machen Sie's auch mit dem Mund, Mademoiselle?›»

«Riskant. Die Chancen, dass Sie ohne Veilchen nach Hause gehen, stehen eins zu zehn.»

«Ja, aber die eine Chance ist es doch wert, es auszuprobieren, oder nicht?»

«Unter diesem Blickwinkel gesehen, sicher. Wer nicht wagt, der nicht gewinnt.»

Marc hat die Unwahrheit gesagt. In Wahrheit lautet der Satz, mit dem er eine Unbekannte am liebsten anspricht: «Darf ich Sie auf eine Limonade einladen, Gnädigste?»

Ihr Tisch steht gar nicht schlecht. Nebenan ist der von Joss. Eine Armada weiß bejackter Oberkellner bringt Platten mit Perlmuscheln. Eine amüsante Zerstreuung: Man öffnet die Austern selbst, und alle rufen durcheinander:

«Sehen Sie, ich habe sogar zwei Perlen!»

«Warum ist in meiner nichts drin?»

«Schauen Sie sich doch mal die an, ist die nicht riesig?»

«Sie sollten sich einen Anhänger daraus machen lassen.»

«Sie sind eine Perle, meine Liebe!»

Marc fühlt sich wie am Dreikönigstag, wo man König und Königin im Kuchen finden kann – nur dass es an der Place Vendôme um die richtigen Klunker geht.

Irène de Kazatchok, britische Stylistin ukrainischer Herkunft, plaudert mit Fab. Geboren am 17. Juni 1962 in Cork (Irland), liest sie am liebsten V. S. Naipaul und schwärmt für das erste Album der Pogues. Während ihres Studiums hatte sie ein homosexuelles Abenteuer mit Deirdre Mulroney, dem Kapitän des Frauen-Rugbyteams. Ihr großer Bruder heißt mit Vornamen Mark und nimmt Mandrax. Sie hat zweimal abgetrieben: 1980 und im vergangenen Jahr.

Fab hört ihr zu und wiegt den Kopf. Sie verstehen beide nichts von dem, was der andere sagt, und verstehen sich doch blendend. In Zukunft werden alle Gespräche so ablaufen: Jeder spricht ein anderes Kauderwelsch. Und vielleicht haben wir dann endlich zu derselben Wellenlänge gefunden.

Irène: «Das Kleid es muss right auf die Körper sitzt, because if you tragen die Sachen so, dass es nicht fällt like this, das ist schrecklich, du siehst nicht die Stoff, it's just too grungy you know. Oh my God: Look at this pearl, sie ist gigantic!!»

Fab: «Irie in Trance, es gibt keine Misswahlen mehr, ich bin im Parallelogramm, echt, do you percute die mentale Hypnose? Ich bin der Raum-Zeit-Vektor, der mononukleare Biochemiker! Wo gonna do a mega-fly in the space! May I call U Perle Harbor?»

Irène trägt ein geflochtenes Stacheldrahtkorsett über einem Ensemble aus Vinyl-Unterwäsche – der letzte Schrei. Marc müht sich, kein Wort dieses historischen Dialogs zu verpassen, doch Loulou hält ihn davon ab.

«Man hört, dass Sie sich jetzt auch noch der Werbung verschrieben haben. Das enttäuscht mich bei Ihnen, muss ich gestehen.»

«Wissen Sie», gibt Marc zurück, «ich habe nicht viel Phantasie: Ich habe die Klatschspalte übernommen, um es Marcello Mastroianni in ‹La Dolce Vita› gleichzutun, und ich bin Texter geworden, um Kirk Douglas in ‹Das Arrangement› zu kopieren.»

«Und dabei», gibt Loulou zu bedenken, «sehen Sie bloß aus wie William Hurt in hässlich.»

«Danke für das Kompliment!»

«Und es macht Ihnen gar nichts aus, an der Manipulation der Massen mitzuwirken? An der Ära des Nichts? An dieser ganzen Schweinerei?»

Multiple-Choice-Fragen. Loulou hat ihren Mai 68 nicht vergessen, als sie das Quartier Latin im Mini Cooper besuchte und im «Odéon» immer wiederkehrende Freuden entdeckte. Seitdem vermisst sie die revolutionären Zuckungen. Marc genauso, auf seine Weise. Er würde nichts lieber tun, als alles zu zerstören. Nur weiß er immer noch nicht, wo er mit der Arbeit anfangen soll.

«Da Sie darauf bestehen, Madame», erwidert er, «lassen Sie mich meine Theorie erläutern: Ich glaube, man muss sich in diesen Dreck stürzen, weil man die Dinge nicht ändern wird, wenn man zu Hause bleibt. Statt mich über abgefahrene Züge aufzuregen, entführe ich lieber Flugzeuge. So, Ende der Theorie. Jedenfalls bin ich mitten im Katastrophengebiet gelandet und komme mir vor wie ein Investor, der sein ganzes Geld in die Stahlindustrie steckt.»

«Trotzdem, bei Ihnen enttäuscht mich das ...»

«Loulou, darf ich Ihnen etwas anvertrauen? Sie haben gerade den Finger auf meinen größten Ehrgeiz gelegt: zu enttäuschen. Ich bemühe mich, so oft wie möglich zu enttäuschen. Das ist die einzige Art und Weise, andere für mich zu interessieren. Erinnern Sie sich an Ihre Schulhefte, wo die Lehrer hineinschrieben ‹könnte besser sein›?»

«Oh, là, là!»

«Sehen Sie, das ist meine Devise, mein Traum: Dass mir mein ganzes Leben lang gesagt wird: ‹Könnte besser sein.› Den Leuten zu gefallen wird bald langweilig. Ihnen dauernd zu missfallen ist ziemlich unangenehm. Aber sie regelmäßig und mit Hingabe zu enttäuschen, bringt einem Achtung ein. Die Enttäuschung ist ein Akt der Liebe: Sie macht treu. ‹Wie wird der Marronnier uns diesmal wieder enttäuschen?›»

Marc wischt ein Speicheltröpfchen weg, das auf der Wange seiner Gesprächspartnerin gelandet ist.

«Wissen Sie», fährt er fort, «ich bin der Nachgeborene in meiner Familie. Ich komme immer lieber als Zweiter. Da bin ich ziemlich begabt.»

«Das nenne ich seine Fähigkeiten richtig einschätzen ...»

Marc begreift, dass er mit dieser Gouvernante bloß seine Zeit vergeudet. Er entdeckt eine Warze auf ihrer Wange, die sie schwarz geschminkt hat, um sie wie einen Schönheitsfleck aussehen zu lassen. Aber hat man schon einen Schönheitsfleck im Relief gesehen? Kurz, Loulou Zibeline bringt eine Neuheit ins Spiel: den Hässlichkeitsfleck.

Irène zündet ihre Zigarette am Kerzenleuchter an. Marc dreht sich zu ihr um. Er findet sie schön, aber das beruht nicht auf Gegenseitigkeit – sie interessiert sich vor allem für Fab.

«But you must agree», sagt sie gerade zu ihm, «that der Mode der ist nicht gleich in Frankreich wie in England. British people sie lieben alle Kleider die sind strange und original, very uncommon, you see, aber die französische, die searchen nicht die Farbe oder den Delirium, ja?»

«Okay, okay», erwidert Fab, «die machen nicht auf Techno-Diva, aber da gibt's Atombomben Marke murder stylee, und wenn du diese Überschallpuppen in die dance-hall stellst, sag ich dir, sind die nicht zu toppen, dein Stil ist eher geil auf den Alpha- und Theta-Frequenzen, capito?»

Die gigantischen Boxen schmettern «Sex Machine», diesen Song, der vor Marc Marronniers Geburt aufgenommen wurde und zu dem die Leute wahrscheinlich auch noch lange nach seinem Tod tanzen werden.

Mit einer 360-Grad-Drehung nimmt Marc diesen Abend in sich auf. Mit Periskopblick versucht er, heiße Hasen von hässlichen Huschen zu scheiden. Er erkennt Jérémy Coquette, den Dealer der Leader (mit dem besten Adressbuch der Stadt). Und Donald Suldiras, der vor den Augen seiner Frau seinen Lover küsst. Die Hardissons sind mit ihrem drei Monate alten (nicht beschnittenen) Baby da. Zum Spaß lassen sie es an einem Joint ziehen. Baron von Meierhof, Ex-Klofrau im «Sky Fantasy» in Frankfurt, lacht laut auf Deutsch. Die beflissenen Barkeeper schütteln ihre Shaker in Zeitlupe. Die Leute kommen und gehen, keiner bleibt an seinem Platz. Es hält einen nicht auf seinem Stuhl, wenn man sehnsüchtig darauf wartet, dass etwas passiert. So schön sind sie alle und so unglücklich!

Solange Justerini, Ex-Junkie, jetzt Serienstar, reckt ihre langen Arme wie eine hochmütige Alge. Die Löcher sind alle wieder verstopft. Ihre Sylphidenfigur ist fast zu schmal. Wie viele Rippen sie sich wohl hat wegsägen lassen, seit Marc das letzte Mal mit ihr geschlafen hat?

Das Licht wird gedämpfter, der Lärm nicht. Joss Dumoulin hat gerade einen Mix aus Yma Sumac und Kraftwerk mit einem zarten Zirpen provenzalischer Zikaden im Hintergrund aufgelegt. Ondine Quinsac, die berühmte Fotografin, ist unter ihrem Tüllkleid nackt, ihr Gesicht ist grün bemalt. Jemand hat ihr mit Nagellack Striemen auf den Rücken gepinselt. Wenn sie nicht echt sind.

Marc ist von Superfrauen umzingelt. Diese mit dem Skalpell retuschierten Mannequins werden in der Mode gefeiert. Die berühmtesten Top-Models posieren am Tisch von Christian Lacroix. Marc bewundert ihre falschen Brüste, die je nach Saison korrigiert werden. Er hat sie schon betastet: Silikongeschwellte Brüste sind hart, mit riesigen Brustwarzen. Tausendmal besser als echte ...

Marc ist ihr Voyeur. Er sieht ihre Leiber, Bahnhofs-Comics entsprungen, von einer Porno-*paintbox* in Menschengestalt entworfen. Diese Geschöpfe sind moderne Frankensteinbräute, synthetische Sexsymbole mit Anglerstiefeln aus Lackleder, Nietenarmbändern und Hundehalsband. Die werden irgendwo in Kalifornien von einem Irren in seiner Werkstatt am Fließband produziert. Marc stellt sich die Fabrik vor: Dächer in Form von Brüsten und eine Vagina als Tor, die jede Minute ein neues Mädchen ausspuckt. Er tupft sich mit seinem Taschentuch die Stirn.

«Hey, Março, immer noch auf Vamp-Fang aus?»

Fab hat anscheinend bemerkt, dass ihm fast die Augen aus dem Kopf fallen. Marc verschluckt eine Auster auf Ex (mitsamt der Perle).

«Erinnere dich, Fab», schreit er. «Du dachtest, die Welt gehört dir. Du hast gesagt, man muss sich nur bücken, um sie zu pflücken, erinnerst du dich? Sag mir, erinnerst du dich an die Zeit, wo du noch daran geglaubt hast? Fab, schau mir in die Augen: Erinnerst du dich noch an die Zeit, wo die Mädels mit uns RECHNEN mussten?»

«Keep cool, man. Wo sie sich Collagen reinziehen, da ist der Spaß vorbei.»

«Falsch, grundfalsch! Schau dir diese zwölften Weltwunder doch einmal an! Nieder mit der Natur! Diese Cyberweiber müssten dir doch gefallen, oder?»

«Klaus-Barbie-Puppen!», befindet Fab. Irène lächelt.

«Ich finde, man sollte die Schönheitschirurgie für Männer entwickeln», wirft Loulou ein. «Spricht doch nichts dagegen. Man könnte zum Beispiel mit einem Hodenlifting für Männer in Shorts anfangen. Wäre das nicht eine gute Idee?»

«No way José!», erwidert Fab. «Ich habe die U-Hose, no problemo!»

«Doch, doch», widerspricht Marc, «sie hat Recht. Wir sollten uns alle runderneuern lassen! Schaut euch die Baronin Truffaldine dort an! Das wäre doch ein Fall für Liposuction. Und Sie, Irène, Sie würde es doch auch nicht stören, wenn Sie einen Brustumfang von 120 Zentimetern hätten, oder?»

«What did he say?», fragt Irène.

Marc amüsiert sich in seiner Ecke. Er würde viel dafür geben, ein paar Stunden lang eine schöne Frau zu sein. So viel Macht zu haben muss berauschend sein ... Er weiß nicht mehr, wo ihm der Kopf steht. Und es sind so viele!

Frage: Ist die Welt wunderbar, oder ist es Marc, der keinen Alkohol mehr verträgt?

Joss Dumoulin wiederum hat die Lage halbwegs unter Kontrolle. Die Gesellschaft ist alles andere als diszipliniert. Doch im Moment scheint sie noch das Terrain zu sondieren und sich aufzuwärmen. Ein stilistisch minder ambitionierter Autor würde das «die Ruhe vor dem Sturm» nennen.

Impotente Milliardäre leeren Weinkaraffen und warten auf den Ausbruch der Feindseligkeiten. Subalterne blicken auf ihre Chefs herab. Niemand isst seinen Teller leer.

Marc beschließt, seine Nachbarinnen dem berühmten «Dreifachen Warum-Test» zu unterwerfen. Niemand verweigert ihn, normalerweise. Das «Theorem der drei Warums» ist einfach: Jeder, den du zum dritten Mal nach dem Warum fragst, denkt an den Tod.

«Ich will noch ein Glas Wein», sagt Loulou Zibeline.

«Warum?», fragt Marc.

«Um mich zu betrinken.»

«Warum?»

«Weil ... ich will mich heute Abend amüsieren, und wenn ich mich auf Ihre Späße verlassen müsste, wären die Erfolgsaussichten zu schlecht.»

«Warum?»

«Warum ich mich amüsieren möchte? Weil man irgendwann stirbt, deshalb.»

Die erste Kandidatin hat den «Dreifachen Warum-Test» mit Bravour bestanden und kann die Gratulation der Jury entgegennehmen. Aber um ein Theorem wissenschaftlich zu untermauern, bedarf es mehrerer Verifikationen. Also wendet sich Marc an Irène Kazatchok.

Sie sagt: «Ich arbeite echt hart.»

«Warum?», fragt Marc und strahlt sie an.

«Well, um Geld zu verdienen.»

«Warum?»

«Get out of there! Weil du musst essen, that's all!»

«Warum?»

«Give me a break! Um nicht zu krepieren, my boy!»

Klar, dass Marc Marronnier jubelt. Streng genommen ist sein Test zu nichts gut, aber es gefällt ihm sehr, nutzlose Theoreme, die er erfindet, um die Zeit totzuschlagen, sorgfältig zu verifizieren. Dumm ist nur, dass er Irène verärgert hat und damit Fab den Weg ebnet. Aber was soll's – für den Fortschritt der Wissenschaft kann man schon ein paar Opfer in Kauf nehmen.

«Sagen Sie, Marc, der große Herr da mit dem Stock, das ist nicht zufällig Boris Jelzin?», fragt Loulou.

«Doch, ja, könnte man meinen. Der Osten überrennt uns, was sollen wir tun …»

«Scht, er kommt.»

Boris Jelzin hat das gepflegte Äußere des Neukapitalisten. Auffallend *overdressed* (im Leihschwalbenschwanz), streckt er ihnen die Hand zwei Sekunden zu früh hin, wie einst Jasir Arafat Yitzhak Rabin. Er hat noch nicht begriffen, dass man in gehobenen Kreisen, anders als in den Westernduellen Hollywoods, besser derjenige ist, der zuletzt zieht. Seine schwammige Hand schwebt im Leeren. Von Mitgefühl überwältigt, küsst Marc sie und ruft dabei aus: «Großrussland sei in unserem Luna-Park willkommen!»

«Sie werrrden sehen, bald sind wirrr so rrreich wie Sie, weil wirrr unserrre Atombomben an Ihrrre arrrmen Feinde verrrkaufen! (Boris rollt seine Rs mit Hingabe.) Eines Tages trrragen wirrr Mickymauskostüme aus Orrrgandy!»

«Gut, gut, umso besser! Hauptsache, das Fest geht weiter!»

«Ich habe eine Freundin», flüstert Loulou verschwörerisch, «die ist so rassistisch und antikommunistisch, dass sie sich sogar weigert, einen ‹Black Russian› zu trinken.»

«Ah! Ah!», lacht Boris. «Vielleicht können Sie sie jetzt dazu brrringen, ihre Meinung zu änderrrn!»

«Ich liebe Ihren Stock, it's marvelous, really», sagt Irène.

«Echt, man», wirft Fab ein, «der Stampfer ist turbogeil.»

«He! Hallo!», mault Marc. «Das ist nicht mehr mein Tisch hier! Das ist das globale Dorf!»

«Sehen Sie, ich habe drrreizehn Perlen mitgenommen», trumpft Boris Jelzin auf und zeigt sein mit den kleinen Perlmuttkugeln voll gestopftes Portemonnaie.

«Warum?», fragt Marc, nicht ohne Hintergedanken.

«Zurrr Errrinnerrrung an diesen Abend.»

«Warum?»

«Damit ich meinen Enkelkinderrrn davon errrzählen kann.»

«Warum?»

«Nun, damit sie sich daran errrinnerrrn, wenn ich hinüberrrgegangen bin», erwidert der russische Präsident würdevoll.

Marc triumphiert stumm, aber man sieht es seinen leuchtenden Augen an. Pythagoras, Euklid, Fermat müssen sich warm anziehen! Der Nobelpreis für Mathematik, der einzig Achtung verdient, ist ihm sicher!

Der Service ist tadellos – schon wird der Hauptgang serviert: Lammkarree an Smarties. Marc steht auf, um pinkeln zu gehen. Bevor er den Tisch verlässt, beugt er sich zu Loulou und flüstert ihr ins Ohr: «Ich kann Ihnen versichern, wenn man dringend muss, ist Urinieren fast so gut wie Ejakulieren. Ha!»

Marc wusste gleich, dass das Fest ein Erfolg würde, als er sah, wie viele Frauen sich auf der Toilette den Lippenstift nachzogen oder sich das Näschen mit Koks puderten (wobei beides natürlich auf dasselbe hinausläuft: Kokain ist Schminke fürs Hirn). Auf einem Post-it notiert er: «Das 21. Jahrhundert wird in den Damentoiletten sein, oder es wird nicht sein.»

22.00 Uhr

«Ich spüre, dass ich nach dem Essen erst richtig Ärger kriege.»

Paul Morand,
Tendres Stocks

Als er zu seinem Tisch zurückkehrt, läuft Marc Clio über den Weg, der Freundin von Joss Dumoulin, die sich die Treppe heruntermüht. Sie hat zehn Meter lange Beine und Flipflops mit Keilabsätzen am Ende. Ihr fast vollkommener Körper ist brutal in ein Latexkleid gezwängt.

«Darf ich Sie auf eine Limonade einladen, Gnädigste?», fragt Marc und hält ihr seinen Ellbogen hin, damit sie sich darauf stützen kann.

«Sorry?»

«Sag mal, Schätzchen», berichtigt sich Marc, «du kommst ganz schön zu spät, so etwas gehört bestraft!»

«Oh yes please», antwortet sie und schlägt ihre enormen falschen Wimpern nieder. «I am a naughty girl!»

Sie drückt beim Sprechen seinen Arm.

«Deine Buße wird darin bestehen, an meinem Tisch zu essen.»

«Aber ... ich muss doch Joss treffen ...»

«Gegen das Urteil ist keine Berufung möglich!»

Und so kommt es, dass er Clio an ihrem hübschen, nackten Handgelenk zu seinem Tisch zerrt.

Kaum zurück an seinem Teller mit dem toten Lamm, muss Marc sich einem strengen Interview seitens seiner Nachbarin stellen.

«Und?», fragt Loulou Zibeline spöttisch, «schreiben Sie uns einen zweiten Roman?»

«Ja», erwidert Marc, «ich weiß auch nicht, was mit mir los ist. Was man die ‹französische Literatur› nennt, hat heute eine ähnliche Bedeutung wie das No-Theater. Wozu schreiben, wenn die Lebensdauer eines Buches geringer ist als die eines Werbespots für Barilla-Nudeln? Außerdem – sehen Sie sich doch um! Es gibt hier genauso viele Fotografen wie Stars. Nun ja, in ganz Frankreich ist es genauso: Es gibt fast genauso viele Schriftsteller wie Leser.»

«Und, wozu dann?»

«Ja, wozu … Ich bin ein tot geborener Schriftsteller, vom Glück verdorben. Ich interessiere nur ein paar Häuserblocks rund um die Metrostation Mabillon. Mir egal: Alles was ich will, ist nach meinem Tod im Ausland wieder entdeckt zu werden. Ich finde es chic, in Abwesenheit und postum zu reüssieren. Eines Tages in hundert Jahren wird sich vielleicht eine Frau wie Sie für mich interessieren. ‹Ein kleiner, vergessener Autor vom Ende des letzten Jahrhunderts.› 2032 wird Patrick Mauriès meine Biographie verfasst haben. Ich werde *neu verlegt*. Mein Publikum wird aus überzeugten Pädophilen fortgeschrittenen Alters mit Geschmack bestehen. Dann und erst dann wird dieser ganze Zirkus nicht umsonst gewesen sein …»

«Hmmmm», zweifelt Loulou, «das ist doch reine Koketterie … Ich bin sicher, da ist noch etwas anderes … die Suche nach der Schönheit zum Beispiel. Es gibt vieles, was Sie schön finden, oder nicht?»

Marc überlegt.

«Das stimmt», sagt er nach einer Pause. «Die zwei schönsten Dinge auf der Welt sind: die Geigen in dem Song ‹Stand by me› von Ben E. King und eine Frau im Bikini mit verbundenen Augen.»

Clio hat auf Marcs Knien Platz genommen. Obwohl sie sehr schlank ist, hat sie ein ziemliches Gewicht.

«Reicht es dir nicht langsam, mit einem Star zu gehen?», fragt Marc. «Würdest du nicht lieber deinen Stuhl vögeln?»

«What?»

Sie betrachtet ihn mit ihrem leeren Blick.

«Na ja, weil du auf mir sitzt … Wenn du mit deinem Stuhl gehen würdest, wäre ich das … (Er fegt mit der Hand durch die Luft.) War ein Scherz … Just kidding, forget it.»

«This guy is *weird*», sagt Irène zu Clio.

Marcs Humor trifft nicht überall auf Beifall. Wenn das so weitergeht, beginnt er an sich zu zweifeln, und davon ist dringend abzuraten, wenn man andere verführen will. Da hat er einen Einfall. Er fährt mit der Hand in die Tasche seines Anzugs und holt die Euphoria-Kapsel heraus, die ihm Joss auf Seite 30 angeboten hat. Er öffnet sie heimlich und leert das Pulver in Clios Oxygen Wodka, den sie kurz darauf leert, während sie weiter mit Irène diskutiert. Das läuft ja wie geschmiert! Marc reibt sich die Hände. Jetzt heißt es nur noch warten, bis die Droge wirkt. Ein Hoch auf highe Hasen! Man braucht nicht mehr zu brillieren, man braucht kein Vermögen mehr auszugeben, man kann das Candlelight-Dinner canceln – nur eine Kapsel und ab in die Kiste!

Ein Gemisch aus teurem Parfum, vergorenen Getränken und gemeinschaftlichem Schwitzen hängt in der Luft. Ihre königliche Hoheit Prinzessin Giuseppe di Montanero hat es geschafft, ohne Einladung reinzukommen, dank befreundeter Transen, die den Portier lange genug abgelenkt haben. Rundherum tragen unerreichbare Frauen unbezahlbaren Schmuck. Einige davon sind deshalb nicht weniger Männer (auf der Toilette hat Marc sogar eine Ausbuchtung unterm Rock einer sehr eleganten Dame erspäht, die sich die Nase innen und außen puderte).

Joss Dumoulin winkt seiner Braut. Er könnte aufstehen, zu ihr hingehen, sie küssen, ihr ein Kompliment machen, ihr ein

Glas anbieten. Aber Joss steht nicht auf, geht nicht zu ihr hin, küsst sie nicht, macht ihr kein Kompliment, und Clio leert ihr Glas ganz allein. Willkommen im 20. Jahrhundert.

Inzwischen stopfen die Hardissons ihr Baby mit Stopfleber. Vereinsamte PR-Menschen starren auf die Fernsehbildschirme (gibt es etwas Trostloseres als einen einsamen kaufmännischen Direktor?). Ali de Hirschenberger, ein äußerst distinguierter Pornoproduzent, ohrfeigt hingebungsvoll seine Gemahlin Nelly, eine Genießerin, selbst an der Leine. Der Playboy Robert de Dax steht auf einem Stuhl und spielt den Clown (dieser Liebhaber zahlreicher depressiver Schauspielerinnen wird einen Monat später bei einem Autoscooter-Unfall ums Leben kommen).

Diese Nacht führt zu einer lautstarken Versöhnung von Vorstandsvorsitzenden, die wie Penner aussehen, mit Clochards im Blazer. Liebesgeschichten zwischen Nomaden auf Sommerfrische und der sesshaften Jet-Society werden möglich. Streit wappnet sich mit Zärtlichkeit. Ständig werden dieselben Menschen denselben Menschen vorgestellt, ohne dass sich jemand beschwert. Wir erleben einen europäischen Abend.

«Was gibt's zum Nachtisch?», fragt Clio. «Hoffentlich nicht wieder Space Cake mit Abführmittel! So was brauch ich nicht!»

Ihre Stimme ist anders. Normalerweise wirkt ein Pulver, in einem Getränk aufgelöst, nach einer Stunde. Außer es ist ein wirklich *sehr* potentes Pulver.

«Diese ganzen Leute sind so künstlich», klagt sie. «Ich würde euch gern so viel erzählen, ich habe immer noch Durst, es ist schon spät, oder? Warum hat Joss mich nicht begrüßt?»

Clio wird sehr gesprächig und sehr traurig. Ihre Augen füllen sich mit Tränen. Das war nicht ganz der angestrebte Effekt.

«IHR MÄNNER!», sagt sie vorwurfsvoll, «ihr seid so selfish! Brutal! Mies und blöd!»

«Das ist nicht verkehrt», lässt Loulou Zibeline sich vernehmen, die – so scheint es zumindest – niemand nach ihrer Meinung gefragt hat.

Clio beginnt an Marcs Schulter zu schluchzen, der feige davon profitiert und ihr den Nacken streichelt, mit der Hand durch ihre Haare fährt und ihr Nettigkeiten ins Ohr säuselt.

«Sachte, sachte, ist ja gut, wenigstens ich bin nett ...»

Und das ist der Sieg – sie küsst ihn auf den Mund! Im Hintergrund läuft «Amor, amor», und Marc summt leise mit, als hätte er ein Baby auf dem Schoß. Ein kleines Baby, dessen Mascara auf Marcs Jacke tropft. Ein kleines Baby, das immer schwerer wird und schnieft. Ein kleines Baby, dessen Atem wie ein Aschenbecher riecht.

«‹Amor, amor›», piepst das große kleine Baby. «Marc, könntest du mir einen Gefallen tun? Hol mir Joss ... please ...»

Der Sieg (beim Singen) war von kurzer Dauer. Marc nimmt's gelassen. Clio lächelt ihn an und wischt sich die Wimperntusche von den Wangen. Die chemische Verführung hat ihre Grenzen, und Marc ist gar nicht so unzufrieden, das Baby wieder abzugeben.

Joss Dumoulin wirbelt zwischen den Tischen herum, als spontaner Katalysator dieser ungewöhnlichen Gesellschaft. Marc winkt ihm. Kaum ist er da, fällt Clio ihm heulend in die Arme. Und kreischt: «MY LOOVE!»

«Äh ...», sagt Marc, «ich glaube, deine Freundin ist ein bisschen müde ...»

«Moment», wirft Joss ein, «was ist hier los? Sag mir jetzt bloß nicht ... du hast ihr doch nicht dein Euphoria gegeben?»

«Ich? Überhaupt nicht! Warum sagst du so was?»

«Dummes Stück», schnauzt Joss jetzt Clio an, «du hast mir doch geschworen, dass du damit aufhörst! Letztes Mal wäre sie fast draufgegangen!»

Joss trägt seine Gefährtin auf der Schulter zur Toilette, um ihr den Finger in den Hals zu stecken. Marc blickt unschuldig drein, schwitzt aber sehr. Er bedauert, dass er Joss nicht seinem dreifachen Warum-Test unterzogen hat. Seine Tischgenossen tun alle so, als hätten sie nichts bemerkt. Schließlich bricht Loulou das Schweigen, das ihn schuldig spricht.

«Ehrlich, Marc, ich fand Ihr erstes Buch sehr gut geschrieben!»

«Oje, oje, oje!», jault Marc. «Wenn einer dir sagt, dein Buch ist gut geschrieben, heißt das, es ist scheiße. Wenn einer sagt, es ist lustig, heißt das, es ist schlecht geschrieben. Und wenn einer sagt, dein Buch ist ‹wirklich großartig›, heißt das, er hat es nie gelesen.»

«Aber was soll man denn dann sagen?»

«Sagen Sie einfach, ich bin top-carton.»

Marc schwärmt fürs Komplimentefischen, wie der Engländer sagt. Wenn er die Schmeichelei fernlenkt, kann er wenigstens sicher sein, dass keiner nachher etwas von ihm will.

«Na los», drängt er, «wiederholen Sie: ‹Marc, Sie sind top-carton!›»

«Marc, Sie sind top-carton.»

«Loulou, ich glaube, ich liebe Sie! Wie war nochmal der Satz, den Sie mir zum Flirten empfohlen haben? Ach ja: ‹Würden Sie freundlicherweise Ihren dicken Hintern hier wegbeamen, man kommt ja gar nicht dran vorbei!›»

«Das ist gemein!»

Währenddessen erörtert Fab mit Irène die Musikauswahl.

«Begreifen, Wahrheit, Bassomatik. Ich mag seinen Mix nicht besonders, aber Joss hat ein Gefühl für die Realitanz.»

Genau in dem Moment unterbricht die Musik ihren Flug, und ein Zwanzig-Mann-Orchester schwebt auf einem Hängesteg vom Himmel. Ondine Quinsac spielt Percussion, und alles jubelt. «Guten Abend, wir sind Nique Ta Lope. Wir hoffen, dass wir durch unsere Anwesenheit Ihnen den Scheißabend verderben und dass sie in Bälde krepieren.» Daraufhin begräbt eine elektrische Dezibellawine die Essenden unter sich. Im Hintergrund wackelt ein Chortrio träge mit den Hüften.

Loulou Zibeline muss schreien, um die Musik zu übertönen. Marc findet sie zu geschwätzig. Je mehr sie redet, desto weniger Lust hat er, ihr zuzuhören. Ein amüsantes Paradox: Plaudertaschen werden am Ende alle asozial. «Die schönsten Dinge in meinem Leben habe ich gesagt, wenn ich die Schnauze hielt», denkt Marc.

«KENNEN SIE DIESE GRUPPE?», fragt Loulou.

«Was?»

«ICH FRAGE SIE, OB SIE DIE GRUPPE KENNEN!»

«Hör auf, mir ins Ohr zu brüllen, alte Schnepfe!»

«WIE? WAS SAGEN SIE?»

«Ich sage, dass ein Haufen Leute geackert haben, damit dieses Lammcarré auf unseren Tisch kommt. Das Tier musste erst aufgezogen, dann zum Schlachthof gebracht und mit einem Hammerschlag ins Hirn getötet werden. Anschließend wurde es zerlegt, ein Schlachter kam zum Grossisten und nahm es mit. Und schließlich wurde es von einem Händler ausgesucht, nachdem er den Preis dafür ausgehandelt hatte. Wie viele Leute haben geschuftet, damit ich an diesem Kotelett in meinen Händen nagen kann? Fünfzig? Hundert? Was sind das für Menschen? Wie heißen sie? Kann jemand ihre Identität angeben? Mir sagen, wo sie leben? Ob sie ihren Urlaub in den Alpilles oder an der Côte d'Argent verbringen? Ich würde gern jedem von ihnen ein persönliches Dankschreiben zukommen lassen.» *

«HÄ ? ICH VERSTEHE KEIN WORT!», schreit Loulou.

Marc ist nicht sehr weit gekommen. Seine Nachbarin rechts verachtet ihn, seine Nachbarin links hängt an ihm wie eine Klette. Außerdem hat er die Braut des Hausherrn fast umgebracht. Vielleicht sollte er besser nach Hause gehen, solange noch Zeit dazu ist. Clio geht es übrigens besser: Sie schläft tief auf einem Bänkchen neben der DJ-Kabine. Der Krach scheint sie nicht übermäßig zu stören.

Die Schlacht am Esstisch beginnt. Der Vacherin fließt in Strömen. Das Püree zieht seine Kreise. Die Pastete ist über alles erhaben. Schlagsahne schwappt auf Kanapees. Kanapees flappen aufs Sofa. Riecht der Parmesan nach Erbrochenem oder umgekehrt? Riecht das Huhn nach Ei oder das Ei nach Huhn?

«Das hält einen auch nicht aufrecht», murrt Marc und setzt sich.

Ein paar sodomitische Jungfrauen beginnen schamhaft mit den ersten Strips. Roger Peyrefitte lässt das Baby der Hardissons Klebstoff schnüffeln, während sich Gonzague Saint Bris mit einem Nagelgürtel peitscht und davon einen Hustenanfall bekommt. Nique Ta Lope massakriert «All you need is love», indem die Musiker Teller auf den Mikros zerschlagen. Soßengerichte kreuzen trockene Kuchen am Firmament. Marc meint sogar ein Haribo-Krokodil zu erkennen, das die Zähne fletscht.

* Geschrieben vor dem Auftreten des Rinderwahns. (Anm. d. Autors)

«DER KÄSE IST GUT DURCH!», brüllt Loulou in seinen Gehörgang.

«Ja», antwortet er, «ich bräuchte einen Strick mit einem Knoten wie der Käse – der so schön flutscht.»

«WAS? HABEN SIE ETWAS GESAGT?»

Machen wir uns nichts vor: Marc Marronnier wird bald betrunken sein. Schon verdreht die Nacht seine Werteskala: Die wichtigen Dinge werden nebensächlich, die unbedeutendsten Details erscheinen ihm plötzlich wesentlich. Fernsehprogramme zum Beispiel. Auf einmal hält er sich daran fest. Wenigstens den Fernsehprogrammen kann man trauen. Er weiß zwar nicht, wozu man lebt, was Tod ist oder Liebe, ob es Gott gibt oder nicht, aber er ist ganz sicher, dass mittwochabends «Sacrée Soirée» auf TF1 läuft. Die Fernsehprogramme lassen ihn nie ihm Stich.* Deshalb hasst Marc den Herbst, wenn die Sender ihr Programmschema komplett verändern. Schreckliche Tage ontologischen Zweifels!

«FAB!»

Lise Toubon stürzt sich auf Fab wie Graf Dracula auf einen (unverseuchten) Bluttransport.

«Wie geht es Ihnen?», fragt sie ihn.

«Hypnagogisch, in der Ionisierungsphase.»

Fab verachtet die Mächtigen nicht. Erst kürzlich hat er auf offiziellen Auftrag hin das Palais-Royal besprayt. Nur wissen darf das keiner. Doch selbst in einem techno-stabilen Universum wünschte er sich wohl keine Madame Toubon als dauerhafte Erscheinung. Das ist sicher der Grund, warum er auf eine

* Doch. (Anm. d. Autors)

alte List zurückgreift, die Unbehagen verursacht: Er küsst sie nur auf eine Wange und lässt sie die andere ins Leere halten. Die Methode funktioniert wunderbar, und bald verlässt Lise mit zusammengepressten Lippen den Tisch.

«Ich wusste gar nicht, dass du sie kennst», sagt Marc.

«Everybody knows Lise!», behauptet Irène, die sie nicht kennt. «Don't you think she looks scary without make-up?»

Diese Irène nervt ihn immer mehr. Er verabscheut die Name-Drop-Manie der Adabeis, Prominente nur mit Vornamen zu nennen. «Gestern war ich mit Pierre bei Yves, und – stellt euch vor! – sein Fax ist kaputt!» «Gestern habe ich Caroline bei Inès getroffen, und wir haben über Arielle hergezogen.» Unnötig, mehr als die Vornamen zu erwähnen, da vorausgesetzt wird, dass wir alle eng mit der in Frage stehenden Persönlichkeit befreundet sind. Der Höhepunkt halbprominenter Hohlheit. Das bringt Marc auf eine Idee. Er nutzt eine kurze Pause von Nique Ta Lope, um das Gespräch wieder in Gang zu bringen.

«Wollen wir nicht Name-Forgetting spielen?»

Die Tafelrunde starrt ihn aus Augen wie Roulettekugeln im Casino von Monte Carlo an (Lottokugeln wäre zu *cheap*).

«Es ist ganz einfach: Jeder spielt reihum auf eine Berühmtheit an und tut so, als hätte er ihren Namen vergessen. Das ist viel lustiger als das Gegenteil, ihr werdet sehen. Das wird die neue Mode werden! Also, ich fange an. Gestern Abend habe ich im ‹Flore› herumgelungert und sah plötzlich diese ... ihr wisst schon, die in *La Boum* mitgespielt hat ... Na ja, die dort die Hauptrolle spielte ... Ich hab ihren Namen vergessen ...»

«Sophie Marceau?», schlägt Irène vor.

«Bravo! Aber man darf auf keinen Fall die Namen nennen. Sonst läuft es doch wieder aufs Name-Dropping hinaus, und da sind Sie ja Spezialistin. Jetzt versuchen Sie es doch mal.»

«Well ... ich denke an diese homosexuelle Couturier, you know ... die mit sehr kurze blonde Haare ... Er hat auch die Kleider von Madonna gemacht, you see? Jean-Paul ...»

«Keine Namen, bitte!»

«Ähm ... die Couturier, die ein Parfum in eine Konservendose gemacht hat ... o. k.?»

«Ich glaube, jeder hat begriffen, um wen es geht. Ihr kennt jetzt die Regeln des Spiels. Also fangen wir mit dem Name-Forgetting an!»

«Yo», sagt Fab, «mir fällt ihr Name nicht ein ... Ich habe gestern mit zwei interstellaren Russki-Aliens zu Abend gegessen ... Ihr wisst schon, den Science-Fiction-Zwillingen ...»

«Ich», schreit Loulou, «ich gehe furchtbar gern bei dieser fetten rothaarigen Sängerin tanzen, die Nightclubs auf der ganzen Welt verkauft hat ... wie heißt sie nochmal?»

«Mist, sie liegt mir auf der Zunge», meldet sich Marc. «Und wie war der Name von diesem Glatzkopf, der sich seine paar Haare über den Schädel kämmt, um die 20-Uhr-Nachrichten zu präsentieren ... Ihr wisst schon, der sich live von einer kleptomanischen Schauspielerin beschimpfen ließ ...»

«Und der Brillen tragende Plagiator, der aus der Banque Européenne rausgeflogen ist ... Und der Firmenplünderer mit dem Überbiss, der sich die Siege seiner Fußballmannschaft kauft ...»

«Ganz zu schweigen von dem Dicken mit dem Kropf ... Doch, doch, ihr wisst schon, der immer superelegant gekleidet ist ... Ach, der Einzige, den ihr wirklich kennt ... der Mann aus Smyrna ... Ich glaube, er ist Premier oder so was ...»

«Ah, ja, der, der mit dem anderen kohabitiert, dem Alten aus den Landes, der immer mit den Augen zwinkert ...

«Genau, erraten!»

Marc kann stolz auf sich sein: Eine solche Tischrunde aus der Langeweile zu reißen ist eine echte Herausforderung. Sein «Name-Forgetting» hat gute Chancen, diesen Winter in Paris die Runde zu machen. Wie das WPW (Wer Poppt Wen) im letzten Winter, das von einem brillanten Diner-Schriftsteller aus Lyon kam.

Die spielerische und äußerst sorglose Stimmung dieser Salonlöwenhorde schläfert das Misstrauen Marc Marronniers allmählich ein. Seine Wünsche können sich nun verflüchtigen und die Angst vor dem Tod ein wenig nachlassen; und im Lachen der Frauen erscheint ihm das Ganze am Ende fast wie ein nettes Nachtmahl.

23.00 Uhr

«Was hätten Sie gemacht, wenn Sie nicht
Schriftsteller geworden wären?»
«Ich hätte Musik gehört.»
Samuel Beckett zu André Bernold

Alles ist jetzt gut. Marc Marronnier hat Schluckauf und sabbert auf seine gepunktete Krawatte. Joss Dumoulin spielt das Intro zu «Whole lotta love» von Led Zeppelin. Die Dinge nehmen Gestalt an.

Über dem Tisch hängt der Geruch von unter der Achsel. Das Diner entgleitet wie vorgesehen. Champagnerduschen, Eiskübel statt Hut, Broncho-Pneumonie als Bonus. Auf dem Tischtuch wird getanzt. Dieses Jahr wird Nymphomanie zum Must – man trägt den Oberkörper nackt, den Mund halb geöffnet, die Zunge gespitzt und das Gesicht feucht.

Besetzte Mädchen trinken beherzt Weißburgunder. Schlimme Buben spiegeln sich im trüben Glas. Die Hardissons versteigern ihr Baby; Helmut Berger wackelt mit dem Kopf; Tounette de la Palmira stinkt nach Kot; Guillaume Castel ist verliebt. Noch schneidet sich keiner die Pulsadern auf.

Die Schnäpse sind noch nicht ausgetrunken, als die Kellner die Tische zur Seite schieben, um die Tanzfläche frei zu machen. Joss wird gleich ganz offiziell auftreten. Marc beschließt, ihn bei der Arbeit zu stören.

«Kennst du hicks den Unterschied hick zwischen einem jungen Mädchen aus dem XVI. Arrondissement hicks und einem Arabermädchen aus Sarcelles?»

«Hör mal, ich hab jetzt keine Zeit», stöhnt Joss, der unter seinen Turntables hockt, um Platten auszusuchen.

«Na gut, hicks, es ist ganz einfach: Das Mädchen aus dem XVI. hat echte Diamanten hicks und falsche Orgasmen ... und bei dem Arabermädchen hicks ist es umgekehrt.»

«Sehr lustig, Marronnier. Sei mir nicht böse, aber ich kann mich jetzt nicht mit dir unterhalten, o. k.?»

Ein ganz passables Mädchen, das an der DJ-Kabine lehnt, mischt sich plötzlich ein:

«Marronnier? Habe ich wirklich Marronnier gehört? Soll das heißen, Sie sind DER Marc Marronnier?»

«Höchstpersönlich, hicks! Und mit wem habe ich die Ehre?

«Mein Name wird Ihnen nichts sagen.»

Joss drängt sie aus seiner Kabine. Ohne das überhaupt zu bemerken, landen sie auf zwei Hockern an einer Ecke der Bar. Das Mädchen ist nicht sehr hübsch.

«Ich lese alle Ihre Artikel! Sie sind mein großes Vorbild!»

Und auf einmal, ganz komisch, findet Marc sie viel weniger hässlich. Sie trägt das enge Tailleur der berufstätigen Frau, Marke Pressereferentin. Ihr ziemlich eckiges, maskulines Gesicht sieht aus wie von Sempé gezeichnet. Ihre Beine sind schlank, obwohl sie jahrelang beim Polo im Jardin de Bagatelles mitgeritten ist.

«Ah ja?», sagt Marc (der alte Komplimentefischer), «sie mögen meine Dummheiten?»

«Ich liebe sie! Ich sterbe vor Lachen beim Lesen!»

«In welcher Zeitung haben Sie die denn gefunden?»

«Äh ... ja, überall!»

«Und gab es einen Artikel, der Ihnen besonders gut gefiel?»

«Ah ... ja ... alle!»

Offensichtlich hat sie nie etwas von Marc gelesen, aber was soll's. Sie hat ihn von seinem Schluckauf befreit, ist das nichts?

«Darf ich Sie auf eine Limonade einladen, Gnädigste?», fragt Marc.

«Nein, auf gar keinen Fall!», empört sie sich. «Ich bin Pressereferentin, das kommt auf die Spesenrechnung!»

Marc hat richtig geraten. Er befindet sich also in Gesellschaft eines Exemplars jener Gattung, die nachkommende Ethnologengenerationen als «Frau der 90er Jahre» klassifizieren werden: modern, unmöglich und mit flachen Wildledermokassins. Er kann kaum glauben, dass es das wirklich gibt, und noch weniger, dass er so nahe an so etwas herankommt.

Bevor er sie auf der Bar missbraucht, möchte er nur noch etwas überprüfen.

«*Warum* sind Sie Pressereferentin?»

«Ach, das ist nur eine erste Berufserfahrung – aber ganz und gar positiv!»

«Ja, aber *warum* haben Sie ausgerechnet diesen Beruf gewählt?»

«Wegen der Kontakte hauptsächlich. Man lernt einfach viele Leute kennen, wissen Sie.»

«*Warum?*»

«Hm ... Der Mediensektor ist eben der Kommunikationsmarkt überhaupt, und in Zeiten der Stagnation ist es besser, wenn man sich in Wachstumsbranchen engagiert. Anderswo *sterben* ja ganze Wirtschaftszweige ab.»

Uff. Marc ist erleichtert. Sein Theorem gilt nach wie vor, auch wenn das letzte Versuchskarnickel etwas länger brauchte mit seiner Reaktion. Er wird das in seinen Berechnungen berücksichtigen müssen: *Das dritte Warum führt bei Pressereferentinnen zu einer Latenzzeit t vor der nekropositiven Reaktion.*

Er legt ihr den Arm um die Taille. Sie lässt es zu. Er streichelt ihr den Rücken (sie trägt einen Büstenhalter mit drei Häkchen – ein günstiges Omen). Er nähert langsam sein Gesicht dem ihren ... als plötzlich sämtliche Lichter ausgehen.

«Was passiert jetzt?», fragt sie und dreht sich um. Dann steht sie auf und schleppt ihn auf die Tanzfläche.

Ein Geschrei steigt aus der Menge der Gäste auf, die sich unter der Blase des DJ versammelt hat. Joss Dumoulins Kopf erstrahlt in orangefarbenem Scheinwerferlicht über dem Dunkel. Er sieht aus wie ein Halloween-Kürbis (im Zweireiher-Smoking).

«Die Nacht beginnt», verkündet er über sein schnurloses Mikro.

«JOSS! JOOOSS!», grölen seine Fans.

Sein Gesicht verschwindet erneut im Dunkel. Im «Klo» herrscht völlige Finsternis. Ein paar Feuerzeuge flammen auf und verlöschen gleich wieder: Wir sind hier nicht bei Bruel, außerdem verbrennt man sich bei solchen Blödheiten die Finger. Nach einer langen Minute mit viel Pfiffen und Gebrüll legt Joss die erste CD auf.

Eine Stimme aus dem Jenseits in Quadrophonie: «JEFFREY DAHMER IS A PUNK ROCKER.» Rufe aus dem Saal. Rasante Techno-Bässe zerreißen Marc fast das Trommelfell, und bald ist die ganze Tanzfläche nur noch ein Wogen von Leibern im Wellenrhythmus. Joss hat ins Schwarze getroffen. Schnell wirft er das Stroboskop und die Nebelmaschine an, der nach Bananen duftende Schwaden entströmen. Philippe Corti bläst mit dem Nebelhorn direkt in Marcs Ohr, was ihn für die nächste Viertelstunde ertauben lässt.

Man wird nicht zufällig der Weltbeste DJ des Jahres. Joss weiß, dass er keinen Fehler machen darf. Wenn die Party läuft, kann er sich gestatten, originellere Musik aufzulegen. Für den Moment hat er nur ein einziges Ziel: dass die Tanzfläche nicht leer wird. Die Angst des DJs beim Plattenwechsel.

Die Pressereferentin beschreibt mit ihren Armen imaginäre Kreise. Serge Lentz zwinkert Marc zu und hebt den Daumen zum Zeichen der Anerkennung. Der zuckt die Achseln. Seiner

Meinung nach tanzt sie sehr schlecht. Er hat aber gehört, dass Mädchen, die schlecht tanzen können, ganz schlecht im Bett sind. Er fragt sich, ob das auch auf Männer zutrifft, und achtet daraufhin mehr auf seine Bewegungen.

Wer sind all diese Leute? Ein DJ-Albtraum. Wilde mit Krawatte. Dreckige Dandys. Psychedelische Aristokraten. Triste Clowns. Geschiedene in ihrer Hochzeit. Giftige Tänzer. Not leidende Nichtstuer. Blasierte Bettler. Lässige Marionetten. Nächtliche Hausbesetzer. Kriegerische Deserteure. Optimistische Zyniker. Kurz, eine Horde wandelnder Widersprüche.

Eine Anhäufung abstehender Ohren, berühmter Eltern, teurer Uhren. Sie sind empfindlicher als Chagrinleder. Und Joss Dumoulin? Den stecken sie locker in die Tasche.

Der Discjockey weiß, woran er ist. Er geht kein Risiko ein. Aber urteilen Sie selbst:

PLAYLIST «DAS KLO OPENING NIGHT»
DJ: JOSS D.

1) Lords of Acid: «I sit on acid». The double acid mix
2) Electric Shock: «I'm in charge». 220 volts remix
3) The Fabulous Trobadors: «Cachou Lajaunie» (Ròker Promocion)
4) Major Problem: «Do the schizo». The unijambist mix
5) WXYZ: «Born to be a larve» (Madafaka Records)

Marc hätte eine andere Auswahl getroffen:

PLAYLIST «DAS KLO OPENING NIGHT»
DJ: MARC M.

1) Nancy Sinatra: «Sugar Town»
2) The Carpenters: «Close to you»
3) Sergio Mendes and Brasil '66: «Day tripper»
4) Antonio Carlos Jobim «Insensatez»
5) Ludwig van Beethoven: Bagatellen op. 33 und 126,

aber er hat ja nicht zu entscheiden.*

Marc träumt davon, den Stil des Stroboskops zu erreichen. Zu tanzen wie ein Video im Einzelbild-Modus. Das ist das Einzige, wofür er Techno bewundert: Oder sind Ihnen mehr Musikrichtungen geläufig, die so viele Leute mit so wenig Noten in Bewegung versetzen können?

Joss lässt eine Wand aus Monitoren und Scannern auf die Tanzfläche herunter. Unsere tägliche Dosis fraktaler Bilder und besoffener Spiralen gib uns heute. Der Discjockey mischt nicht nur Klänge, er will alles vereinen: Gebet, Clips, Freunde, Feinde, Licht und Endorphine. La Grande Ratatouille Nocturne. Marc wird schwindelig. Er begreift, dass er sich in der endgültigen Finsternis befindet. Dass diese Nacht seine letzte sein könnte: Die Nacht des Letzten Fests.

Paris tanzt – Anfang der Apotheose. Die Vielzahl der Leiber in liebreizender Levitation. Im metronomischen Tempo der Rhythmusboxen werden sie eins. Die Köpfe haben nur einen

* Er war «easy listening» vor der Zeit. (Anm. d. Autors, der mit sich zufrieden ist)

Körper, und dieser Krake stößt einen einzigen, in seiner Klarheit ohrenbetäubenden Schrei aus. Die zyklothyme Gefolgschaft liebt sich im Takt. Der Acid House schweißt die Somnambulen zusammen. Nachtwandler fürchten sich im Dunklen. Willkommen in der neuen heidnischen Kirche mit den Laserhologrammen! Schließ dich schnell den Neo-Disco-Gläubigen an! *Nichts schien dir mehr sicher, dich quälte der Zweifel, aber jetzt bist du wieder da, laut lachend, und dein Eyeliner verschwimmt mit den Tränen des Glücks, denn* DEINE STUNDE IST GEKOMMEN.

Langsam erheben sich die Arme, die Beine trampeln, Ohrringe hüpfen, schillern, klimpern, Schwarzlicht lässt das Weiß der Augen schimmern und, scheiße, auch deine Schuppen. Den Kopf drehen, links, rechts, fliegende Haare, wiegende Hintern, das ist der Karneval des Blaubluts, ein weltweites bisexuelles Pfadfindertreffen. Doch Marc interessiert ausschließlich, auf wen er sein nächstes Glas verschüttet.

Ihm dreht sich der Kopf. Kein Malheur, rundherum, das ist nicht schwer. Sein Selbstzerstörungstrieb überkommt ihn aufs Neue: «Man sollte sich immer in der Öffentlichkeit umbringen. Dass ein Mord heimlich ist, kann ich zur Not verstehen, aber Selbstmord muss exhibitionistisch sein. Der einzig mögliche Selbstmord für einen Mishima unserer Zeit wird vom Fernsehen direkt übertragen, am besten in der Prime Time. Und nicht vergessen, den Videorecorder zu programmieren! Die VHS-Kassette als Abschiedsbrief.»

Welcher Tanz ist jetzt am besten? «Turtle Twist» (flach auf dem Rücken liegend mit Armen und Beinen rudern)? Oder «Mambo Question» (in der Drehung mit dem linken Zeigefinger ein Fragezeichen bilden)? Oder soll er sich an die gefährliche «Meteorologische Fatwa» wagen (Fuß auf die Gurgel der Partnerin setzen und diese im Takt ausschälen, Drehung um 45 Grad, siebenmal immer lauter «AYA-TOL-LAH» rufen und das Diner auf alle Personen erbrechen, die äußerlich Alain Gillot-Pétré gleichen – und zwar möglichst dem echten – wiederholen ad libitum)?

Schließlich entscheidet sich Marc für seinen Lieblingstanz: «Herzrasen».

Auf dem Boden liegend weiß er, was er will.

Er will eine sanfte Wirklichkeit.

Er will vielfarbige Musik und hochhackigen Alkohol.

Er will, dass man sich in die Finger schneidet, wenn man seine Seiten liest.

Er will hopsen wie die Anzeige seiner Hi-Fi-Anlage.

Er will per Fax verreisen.

Er will, dass es nicht zu schlecht läuft, dass es aber auch nicht zu gut läuft.

Er will mit offenen Augen schlafen, um nichts zu versäumen.

Er hätte gern den Alkohol besser vertragen.

Er will Camcorder statt Augen und das Gehirn als Schneideraum.

Er will, dass sein Leben ein Film von Roger Vadim Plemiannikov aus dem Jahre 1965 sei.

Er will, dass man ihm Komplimente macht, hinter seinem Rücken aber schlecht über ihn spricht.

Er will kein Gesprächsobjekt sein. Er will ein Streitobjekt sein.

Vor allem aber würde er gern einen fetten Aprikosenbeignet essen und dabei irgendwo im Sand sitzen und auf die Wellen schauen. Die Marmelade würde ihm auf die Finger tropfen, er müsste sie ablecken, diese Massen von Zucker, und wäre am Ende karamellisiert. Ein Flugzeug würde sinnlos durch den Himmel fliegen und eine Reklame für Sonnenmilch hinter sich herziehen. Dann würde er sich die Marmelade aufs Gesicht schmieren, um den Ultraviolettstrahlen zu trotzen, und ins Leere lächeln.

Steht eine Frau da
Vor der Veranda
Singt Manuel de Falla
In Alcantara.

Ob dort Bougainvilleen blühen? Okay, soll sein. Und ein tropischer Regen fällt? Einverstanden, aber erst am Ende des Tages, in den fünf Minuten nach dem grünen Leuchten. Aber vor allem den Aprikosenbeignet nicht vergessen. Verdammt, ein Aprikosenbeignet, das kann doch nicht so schwer sein! Marc will schließlich nicht die Sterne vom Himmel!

«Na, Marc, müde?», fragt die Pressereferentin und streckt ihm die Hand hin, um ihn hochzuziehen.

Er klopft sich den Staub ab und fängt wieder an zu tanzen. Der Abend hat gerade erst begonnen, und er hat schon einen Kater. *No eye contact.* Zu viele Blicke zu kreuzen ist Angst auslösend, besonders während eines Speed-core-Stücks, wenn das rasende Licht durch einen Wald gereckter Arme bricht. Die schimmernden Schultern seiner Nachbarinnen reflektieren die Laserstrahlen wie kleine Katzenaugen. Er betrachtet seine Schuhe und wartet auf den Gong, obwohl er weiß, dass der erst nach dem K. o. ertönt. Aber war es nicht das, was er hier wollte: etwas zum Schauen unter diesen Abwesenden, die immer Recht haben? Und steht er in seinen Luxustretern nicht mit beiden Beinen fest auf dem Boden der Tatsachen?

Jeder schlägt sich durch, so gut er kann. Einige versuchen ein Gespräch zu führen, trotz des Lärms. Sie sind dazu verdammt, sich ständig zu wiederholen und taube Ohren zu traktieren. Im *Ballroom* hört dich niemand, wenn du schreist. Meist tauschen sie weniger Worte als falsche Telefonnummern aus, die sie auf Handrücken kritzeln, solange sie nichts Besseres gefunden haben. Andere halten beim Tanzen ihr Glas in der Hand und nur mühsam das Gleichgewicht, wenn sie jenes zum Munde führen, während sie dieses gelegentlich verlieren, wenn zur falschen Zeit ein Ellbogen ihre Hemdbrust trifft. Da man auf der Tanzfläche also weder anständig trinken noch reden kann, erscheint Marc die Betrachtung seiner Schuhe eine moralisch vertretbare Tätigkeit.

Meinen Sie bloß nicht, ihm entginge das Absurde der Situation! Im Gegenteil, nie war er sich seines Daseins als junger

Schnösel aus bester Wohnlage deutlicher bewusst als jetzt, wo er sich auf dem weißen Marmorboden schüttelt und sich für rebellisch hält, während er doch nur privilegiert ist, allein in einer Horde begeisterter Snobs, ohne irgendeine brauchbare Entschuldigung, während Millionen Menschen bei minus fünfzehn Grad unter ein paar zerrissenen Pappkartons im Freien schlafen. Er weiß das alles, und auch deshalb senkt er den Blick.

Von Zeit zu Zeit sieht Marc sich beim Leben zu wie die Menschen, die beim Nahen des Todes ihren Körper verlassen und sich von außen betrachten. Dann ist er gnadenlos, verachtet das Riesenarschloch und verzeiht ihm nichts. Am Ende aber kriecht er doch immer wieder maulend in seine leibliche Hülle zurück.

Nein, es gibt keine Entschuldigung für seine Schande, seine Ohnmacht, seine Kapitulation. Aber eine Erklärung. Was kann er denn dafür? Die Welt will sich nicht mehr verändern. Also ist die Betrachtung seiner Schuhe und die Verführung einer Pressereferentin in einem Nightclub zurzeit sein einziges Ideal. Er erinnert sich an die berühmte Geschichte mit der Fingerschale, die wahlweise General de Gaulle oder der Königin Victoria zugeschrieben wird: Ein afrikanischer König hatte bei einem zeremoniellen Empfang nach dem Essen das Wasser aus seiner Fingerschale getrunken. Aus Höflichkeit hob nun das Staatsoberhaupt, das den Empfang ausgerichtet hatte, ebenfalls die Fingerschale an die Lippen und leerte sie in einem Zug. Und alle Anwesenden taten es ihm nach.

Diese Anekdote erscheint ihm wie eine Parabel für unsere Zeit. Wir führen ein absurdes, groteskes, lächerliches Leben, aber da das bei allen gleichzeitig der Fall ist, finden wir es schließlich ganz normal. Man muss zur Schule statt auf den Sportplatz, an die Uni statt rund um die Welt und auf Arbeitssuche gehen statt Arbeit zu finden … Aber da es jeder so macht, bleibt die Fassade heil. Ziel unseres materialistischen Zeitalters sind wasserdichte Fingerschalen.

«Mein nächstes Buch wird ‹Der Durst der Fingerschalen› heißen», informiert Marc die Pressereferentin aus den Neunzigern, nachdem sie an die Bar zurückgekehrt sind. «Es wird ein Essay über die post-Lipovetskische Gesellschaft, von dem nur acht Exemplare verkauft werden.»

Sie lächelt und entblößt dabei sehr schöne Zähne, doch in dem Moment springt Marc auf, stammelt ein paar vage Entschuldigungen und verschwindet, nur weil ein Fetzchen Salat an ihren Beißerchen klebt, das ihr Lächeln für alle Zeiten unmöglich macht.

Schade, so wird Marc nie ihren Vornamen erfahren.

0.00 Uhr

«Was kann man einer Generation schon bieten, die mit der Erkenntnis aufwuchs, dass Regen Gift ist und Sex tödlich?»
Guns 'n' Roses

Mitternacht, die Mädchen sind halb nackt, Marc hat abgekackt. Die paar Gläser Lobotomie knocken ihn aus. Die Wut erreicht ihren Höhepunkt. Das Universum wirbelt im Sternenchaos, ein buntes Konfettimeer. Ein Acid-Sirtaki dauert eine unermüdliche halbe Stunde.

Marc wandert von der Bar zur Piste und zurück. Er kommuniziert telepathisch mit den pneumatisch pulsierenden Bässen. Joss weiß, wie man die Nachtgewächse hypnotisiert. Heute Abend versucht er sein Meisterwerk zu schaffen, live und ohne Netz. Er mixt sechs Tracks gleichzeitig: Alexis Sorbas, Techno-Trance, Geigentremoli, Andenflöte, Schreibmaschinenklappern und ein Gespräch zwischen Duras und Godard. Morgen ist nichts mehr davon übrig. Fab verteilt Ohrfeigen, um die Situation zu verschlimmern.

Der Tanz verheddert sich in einer Folge von Synkopen und Wiederaufschwüngen. Der Tanz ist eine Endlosschleife des Vergehens, eine leidenschaftliche Philosophie, eine Theorie der Komplexität. Der Tanz heißt Komm wieder. Die digitalen Pferde springen um das rasende Karussell. Ein Kreis hat sich geschlossen. Alle halten sich an den Schultern, alles dreht sich. Und eins ist sicher: Die Mädchen haben mehrere Brüste.

Marc schließt die Augen, um sie nicht mehr zu sehen, die schillernden Lichterscheinungen machen ihn schwindeln. All diese Mädchen nackt unter ihren Kleidern! Reizende Nabel, köstliche Sehnen, freche Nasen, zarte Hälse ... Die Eventualität dieser jungen *flappers* in ihren engen kleinen Schwarzen, die Möglichkeit dieser leichtsinnigen Geschöpfe mit Pony über den Augen hat ihn sein ganzes Leben lang davon abgehalten, sich ins Nichts stürzen.

Normalerweise endet ihr Vorname auf «a». Ihre endlos langen Wimpern sind geschwungen wie eine Schischanze. Wenn du sie nach ihrem Alter fragst, sagen sie «zwanzig», als wenn nichts wäre. Sie müssen befürchten, dass die Jugend ihr größter Sexappeal ist. Sie haben noch nie von Marc Marronnier gehört. Er wird gezwungen sein zu lügen, ihre Hand zu streicheln, sich für das Studium Internationaler Beziehungen zu interessieren, das Nötige zu tun. Sie sind zu schnell groß geworden und kennen die geheimen Codes noch nicht. Sie werden drauf reinfallen. Sie werden zerstreut an ihrem Daumen nagen, wenn er Paul Léautaud zitiert. Ein Nichts wird Eindruck auf sie machen. Ja, Marc kennt Gabriel Matzneff und Gérard Depardieu. Ja, er hat bei Dechavanne und Christine Bravo vorbeigeschaut. Für diese Beute würde er allen seinen Grundsätzen zuwiderhandeln und das «Name-Forgetting» vergessen.

Wenn er es am wenigsten erwartet, werden sie vielleicht zart seine Lippen berühren und ihn bitten, ob er sie auf ihr kleines Dienstmädchenzimmer ohne Dienstmädchen begleitet. Wird er ihnen folgen? Wird er sie im Taxi auf den Hals küssen? Wird er im Treppenhaus und in seiner Hose kommen? Wird ein Lenny-Kravitz-Poster über ihrem Bett hängen? Wie oft werden sie sich lieben? Werden sie am Ende einschlafen, verdammt? Wird Marc, wenn er das neueste Buch von Alexandre Jardin auf ihrem Nachttisch sieht, bleiben, statt Hals über Kopf davonzurennen?

Er öffnet die Augen wieder. Ondine Quinsac, die berühmte Fotografin, langweilt sich beim Champagner mit mehreren Playboys, die sie zärtlich zum Teufel schickt. Schlecht restaurierte Halbweltdamen machen auf Hermaphroditen, wahrscheinlich um wenigstens irgendetwas halb zu sein. Henry

Chinaski legt die Hand auf den Hintern Gustav von Aschenbachs, der nicht dagegen protestiert. Jean-Baptiste Grenouille riecht an den Achselhöhlen von Audrey Horne. Antoine Doinel trinkt den Mescal von Konsul Geoffrey Firmin, dem senilen Lumpen vom Dienst, aus der Flasche. Und die Hardissons spielen mit ihrem Baby Rugby.

Man berauscht sich an hochprozentigen Cocktails und hochgeistigen Wortspielen. Man braucht von allem etwas, um eine Welt zu zerstören.

Plötzlich gedämpftes Licht, und ein altes Lied zieht träge über die fragwürdige Fauna: «Summertime» mit Ella und Louis. Joss kündigt per Mikro die amerikanische Viertelstunde an. Marc nützt die Gelegenheit, um Ondine Quinsac anzusprechen:

«Damenwahl: Ich fordere Sie auf, mich zum Tanzen aufzufordern.»

Die Fotografin ist total umringt: einerseits unter ihren braunen Augen, andererseits von jungen Kerlen. Sie misst ihn von Kopf bis Fuß.

«Einverstanden, ‹Summertime› ist mein Lieblingssong. Außerdem ... sehen sie ein bisschen aus wie William Hurt in Hässlich.»

Sie umschlingt ihn, sieht ihm gerade in die Augen und singt mit heiserer Stimme mit:

«Oooh your daddy's rich and your ma is goodlooking / so hush little baby don't you cry ...»

So nahe bei ihr, kann Marc ihre Gedanken lesen: Siebenunddreißig, kinderlos, seit sechs Monaten auf Diät, schafft sie es nicht, mit dem Rauchen aufzuhören (daher die Stimme), sonnenallergisch, zu viel Make-up und wirkungslose Anti-Falten-Creme. Ihre Unfruchtbarkeit macht sie depressiv, und ihre Depression macht sie rührend.

«Dann tanze ich jetzt einen Slow mit der gefragten Fotografin. Würden Sie mich eventuell als Model engagieren?»

«Auf keinen Fall! Sie sind viel zu dünn. Trainieren Sie Ihre Muskeln und kommen Sie später wieder. Außerdem spüre ich, dass die Mode gar nicht Ihr Ding ist. Sie wirken so gesund, so normal ...»

«So hetero, so banal ... Na los, beleidigen Sie mich ruhig weiter!»

Haben wir eigentlich schon Marcs lautes Lachen erwähnt, das unzähmbar, großartig, nervtötend jeden seiner Witze dröhnend begleitet? Nein. Jetzt wissen Sie's. Ach, Joss hat die CD gewechselt.

«Ach, Joss hat die CD gewechselt», sagt Ondine. «Noch ein Slow. Ist das Elton John?»

«Ja, ‹Candle in the Wind›, eine Hymne an Marilyn Monroe und alle Lichtgestalten Hollywoods. Bin ich noch einmal zum Tanzen aufgefordert?»

Ondine nickt.

«Ich habe keine andere Wahl, nehme ich an.»

«Richtig: Wenn Sie abgelehnt hätten, hätte ich in allen Zeitschriften behauptet, dass Sie lesbisch sind.»

Frauen um vierzig reizen Marc. Sie haben alles: die Erfahrung und die Begeisterung. Sind scheue Jungfrau und Puffmutter zugleich. Sie halten es für eine Chance, wenn sie dir alles beibringen müssen!

«Sind Sie ein Freund von Joss Dumoulin?»

«Wir haben nicht schlecht zusammen gepichelt früher, das verbindet. Vor fünf Jahren in Tokio war's dann vorbei damit.»

«Ich möchte ein Foto von ihm machen. Ich bereite nämlich gerade eine Ausstellung mit Porträts von Prominenten vor, gefesselt aufgehängt und mit Kondensmilch auf den Wangen. Könnten Sie ihm davon erzählen?»

«Ich denke, dass dieses großartige Unternehmen ihn einfach interessieren muss. Nur – warum machen Sie das?»

«Die Ausstellung? Um die enge Verbindung zwischen Fotografie, Sexualität und Tod zu zeigen. Na ja, ich habe das etwas verkürzt dargestellt, aber das ist im Groben die Idee.»

Marc notiert auf einem Post-it: «Die Demonstration des Axioms der drei Warums erfordert gelegentlich nur ein einziges Warum, sofern die Versuchsperson die Merkmale: eingefallenes Gesicht, schweigsames Naturell und Tüllkleid aufweist.»

Die Damenwahl geht zu Ende. Fab tanzt den Slow eingezwängt zwischen Irène de Kazatchok und Loulou Zibeline. Clio ist aufgewacht und hat William K. Tarsis III, einen müßig gehenden Erben mit Kastratenstimme, zum Tanzen aufgefordert, um an seiner Schulter wieder einzuschlafen. Ihre Unterlippe zuckt in den gelben Spots. Ari, ein Freund von Marc (und Entwickler von Videospielen bei Sega), stört diesen bei seinen Betrachtungen:

«Bei Ondine musst du aufpassen, sie ist eine ultrabrutale Nymphomanin!»

«Weiß ich doch, oder warum glaubst du, habe ich sie um den Tanz gebeten?»

«O nein, das lasse ich nicht durchgehen!», protestiert die Fotografin. «*Ich* habe *Sie* zum Tanzen aufgefordert, nicht umgekehrt!»

Ari sieht aus wie ein in der Bronx geborener Luis Mariano. Er tanzt neben ihnen weiter. Kaum kündigt Joss das Ende der amerikanischen Viertelstunde an, stürzt er sich auf Ondine.

«Jetzt bin ich aber dran! Und keine Widerrede!»

Marc ist nicht besitzergreifend genug und viel zu feige, um zu protestieren. Und die Fotografin behält ihr ausdrucksloses, glattes Gesicht mit dem leeren Blick bei. Wenn sie je Schauspielerin werden sollte, müsste sie den Oscar für die Beste Indifferenz kriegen.

«It was nice to meet you», lässt Marc fallen und geht, ohne sich noch einmal nach den beiden umzudrehen.

Ari und Ondine haben ihn sicher schon vergessen. Auf solchen Festen darf nichts mehr als fünf Minuten in Anspruch nehmen, die Gespräche nicht und die Menschen auch nicht. Andernfalls droht Schlimmeres als der Tod: Langeweile.

Auf einmal dreht Clio total ab. Es muss noch ein bisschen Euphoria in ihren Adern sein. Stellen Sie sich Claire Chazal im Latexkleid vor, in einem Remake des «Exorzisten», und Sie haben eine Vorstellung von der Szene. Leute sammeln sich um sie. Sie kreischt: «I love you» und drückt die Champagnerflöten, bis das Kristallglas platzt. Blut und Splitter sprudeln aus ihrer Hand, aus der niemand mehr etwas lesen können wird.

«ALOOONE! ALLEIN! ALLEIIIN!»

Als Marc den Kopf von Joss auftauchen sieht und gleich darauf den seiner Freundin, der modernen Pressereferentin, daneben, wird ihm klar, dass Clio die beiden in der DJ-Kabine erwischt haben muss, als sie auf allen vieren gemeinsam die nächste Platte aussuchten oder so ähnlich.

«Dumoulino hat die Nase voll!», bemerkt Marc. «Hat er dich sitzen lassen? Nur nicht reuen, gibt 'n Neuen. Und wann ficken wir?»

«Danke, nein, das ist vorbei.»

Er schnappt sich eine Flasche Jack Daniels und leert sie zwecks Desinfektion über ihre Hände (seinen Erste-Hilfe-Schein hat er nur knapp vermasselt). Für mindestens zwölf Sekunden übertönen Clios Schmerzensschreie die 10 000-Watt-Anlage. Ihre Augen sind so weit aus den Höhlen getreten, dass sie wie eine verzerrte Computergraphik aussieht. Sie stößt eine Reihe englischer Beleidigungen hervor und trocknet dann ihre Tränen. Die Gaffer zerstreuen sich, und so schleppt Marc Clio zum zweiten Mal ab, wieder an ihrem hübschen, nackten und blutverschmierten Handgelenk.

Musik: «Sweet Harmony» von The Beloved:

«Let's come together	*Lass uns gemeinsam kommen*
Right now	*Jetzt gleich*
Oh yeah	*Oh ja*
In sweet harmony	*In süßer Harmonie*
Let's come together	*Lass uns gemeinsam kommen*
Right now	*Jetzt gleich*
Oh yeah	*Oh ja*
In sweet harmony	*In süßer Harmonie*
Let's come together	*Lass uns gemeinsam kommen*
Right now	*Jetzt gleich*
Oh yeah	*Oh ja*
In sweet harmony	*In süßer Harmonie*
Let's come together	*Lass uns gemeinsam kommen*
Right now	*Jetzt gleich*
Oh yeah	*Oh ja*
In sweet harmony	*In süßer Harmonie»*

Das ganze Programm.

Sie setzen sich auf eine Bank, Clios Hand in einem Lichtstrahl, und Marc versucht die Glassplitter daraus zu entfernen, einen nach dem anderen.

«Marc, ich hab Durst», stöhnt das bedröhnte Model zwischen zwei Klagerufen.

«Nein! Schluss jetzt mit lustig!»

«Kann ich einen Schluck aus deinem Glas haben?»

Sie schielt auf seine Lobotomie on the rocks.

«Bist du verrückt? Ich will mir nicht einmal vorstellen, was passiert, wenn du das zusammen mit dem ... (Marc hält inne; ihm ist eingefallen, dass er sie ja vorhin unter Drogen gesetzt hat, *ohne dass sie davon weiß.*) Na gut, okay ... Wenn du drauf bestehst, bringe ich dir ein Glas Wasser.»

Beim Aufstehen verflucht er insgeheim die Fortschritte der Pharmazeutik.

Auf der Bar liegt Ondine Quinsac mit hochgeschobenem Tüllkleid. Ari hat sie mit Schlagsahne beschmiert und schleckt sie jetzt gemeinsam mit anderen hilfreichen Freunden ab, was den Service ein wenig behindert. Deshalb dauert es eine gute Viertelstunde, bis Marc endlich sein Glas Wasser und das Verbandszeug hat, deren das junge Model so dringend bedarf.

Als Marc, sich den Mund abwischend, zu seiner Bank zurückkehrt, kippt Clio gerade den letzten Schluck Lobotomie und schläft dann singend ein. Bestürzung. Seufzend verbindet Marc ihr die Hand und trinkt das Wasser selbst. Er weiß nicht mehr viel. Er glaubt an nichts mehr – und selbst dessen ist er sich nicht ganz sicher. Er sollte mit ihr sprechen, hält aber seinen Mund. Doch wer nichts sagt, fühlt sich beknackt.

Die Schlagsahnefotografin lässt sich kollektiv nehmen: einer vorn, einer oben, Ari von hinten. Diese Technik hat einen Namen: Taylorismus.

(Wenn Marc nicht bald etwas unternimmt, stirbt Clio auf seinen Knien an einer Überdosis. Die Mischung aus Alkohol und Ecstasy kann in hohen Dosen den Herzrhythmus hochjagen.)

Er fühlt den Kuss der Muse, holt seinen Block mit den Post-it-Notizen heraus und verfasst eine Strophe Zehnsilber:

Den Anstand wollt sie tun in Acht und Bann,
Und fand von Anfang an Gefallen dran.
Ganz nackt, sodass zu niesen sie begann,
War sie gefallen dann von Anfang an.

(Clio liegt schweißüberströmt, leichenblass und mit verdrehten Augen auf der Bank.)

Marc ist mit seinem Vierzeiler zufrieden. Nebenbei wäre die perfekte Entsprechung der Verse 2 und 4 hervorzuheben.

(Clios Herz klopft zum Zerspringen.)

Fassen wir zusammen: Marcs Bilanz ist nicht berauschend. Eine alte Journalistin hat ihn während des ganzen Abendessens belabert, und seine andere Tischnachbarin geht jetzt mit Fab. Er hat bei der süßen Pressereferentin, die nur auf ihn gewartet hat, den Schwanz eingezogen – jetzt verlustiert sie sich mit dem Star-Discjockey. Und die depressive Vierzigjährige, mit der er zwei Slows getanzt hat, lässt sich gerade von der halben Partygesellschaft auf der Bar lecken.

(Clio knirscht mit den Zähnen, weißlicher Schaum quillt zwischen ihren Lippen hervor.)

Und die einzige Tusse, die Marc bleibt, die arme Clio, ist auf dem totalen Trip.

(Clios Beine beginnen ganz scheußlich zu zucken, was sie in ihrem Starrkrampf nicht einmal spürt.)

Außerdem wurde die Clio, um die es geht, von Joss gerade fallen gelassen wie eine alte Socke.

(Clios Körpertemperatur schwankt zwischen 36 und 43 Grad Celsius.)

Das ist die ganze Wahrheit: Die Einzige, mit der Marc sich vergnügen könnte, ist zu bis unter die Haarwurzeln, und sich mit dem zu begnügen, was ein Kumpel übrig gelassen hat, kommt sowieso nicht in Frage.

(Aus Clios Körper bricht kalter Schweiß.)

Also wirklich, Marc, das war nicht eben überzeugend.

(Clios Eingeweide winden sich wie Socken, wenn Klementine sie auswringt.)

Und dieser blöde Satz: «Darf ich Sie auf eine Limonade einladen, Gnädigste?» Marronnier, du bist bescheuert.

(Clios EEG nähert sich der Nulllinie.)

Scheiße aber auch, die wiegt doch eine Tonne, diese Clio!

(Clios Puls setzt aus. Das war's – klinisch tot.)

Marc betrachtet ihr Latexkleid, ihren weißen Rücken, ihr erschöpftes Gesicht … Ein seltsamer Ausdruck liegt darin … Dafür gibt es ein Wort, ein richtiges Fin-de-Siècle-Wort: *verdreht*. Und mit ihren bandagierten Händen, ihrem Magen voll Acid und Alkohol verströmt sie den Zauber der Vergänglichkeit. Die langen Haare breiten sich über die Bank – wie eine gefallene Göttin sieht sie aus. Sogar ihre Brust ist verdreht! Sie tut ihm Leid. Er beugt sich vor, um sie zu küssen, aber da sie auf seinen Knien liegt, drückt ihr Körper jedes Mal gegen seinen Bauch, wenn er sich über sie neigt. Und da, als er sie küsst, seine ausgeatmete Luft in ihre Lunge strömt, erwacht sie schließlich nach vielem Bemühen.

Im Mittelpunkt der Welt (Privatclub «Das Klo», Paris, Ende des zweiten Jahrtausends n. Chr., kurz vor ein Uhr morgens) rettet ein junger Lackaffe einem erstarrten Fräulein das Leben. Niemand hat es bemerkt, nicht einmal die beiden. Vielleicht war Gott noch auf um diese Zeit.

1.00 Uhr

«… ich trinke habe Brechreiz ich spiele habe Fernweh I fuck Lust auf etwas anderes und fucking in the blue ich wandere und sterbe nie …»

Jean d'Ormesson,
Die Legende vom Ewigen Juden

Auf der Tanzfläche werden Fragen gestellt:
«Hättest du vielleicht vier Millionen Francs?»
«Glaubst du, dass Dolly Parton Schmerzmittel nimmt?»
«Was ist das bei einem Zungenkuss, wenn eine polyglott ist?»
«Wie feiern Sie eigentlich Silvester 1999?»
«Beschleunigt dieser Jerk womöglich meine Wehen?»
«Wenn man einmal bei Castel einfach reingelassen wird, was hat man dann noch für Ziele im Leben?»
«Ist es schädlich, mit Obst und Gemüse Liebe zu machen?»
«Kann man noch Golf spielen, wenn Mitterrand es auch schon tut?»
Und, die wichtigste von allen:
«Woran erkennt man, dass eine Frau simuliert?»

Marc lehnt wieder an der Bar, die Nase in einem Cata-Tonic. Clio soll auf der Bank ihren tödlichen Mix ausschlafen. Ihr Zombie-Atem hat ihn dann doch demotiviert. Da steht er also, wieder allein, und sieht die Stunden verrinnen. Wenn nicht alles trügt, sind wir hier mit einem anderen Mythos konfrontiert: Sisyphos wohnt in Paris, trägt eine Pünktchenkrawatte und ist noch keine dreißig. Vor jeder Party schwört er, nie wieder auszugehen. Dann bricht die Nacht an, und Sisyphos Marronnier kann der Versuchung doch nicht widerstehen. Auf Dauer macht ihm diese Hölle fast nichts mehr aus. Sisyphos und Mithridates – derselbe Kampf.

Am Ende seines Lebens wird er ganz allein auf einer Parkbank sitzen und die Passanten beschimpfen. Er wird nicht gut riechen. Wenn hübsche Mädchen an ihm vorbeigehen, werden sie sich die Nase zuhalten und ihren Schritt beschleunigen. Manche werden ihm eine kleine Münze hinwerfen. Er hat es so gewollt.

Sein Barnachbar (kalifornisch: Barfly) neigt sich seinem Ohr zu. Seine Pupillen tanzen wie nach einer Choreographie von Busby Berkeley. Die Schläfen sind schweißnass, die Augen aufgerissen. Sein Mund zuckt in einem fort, als würde ihm jemand gleichzeitig auf die Zehen treten und ihn kitzeln. Marc erkennt in ihm Paolo Gardénal, einen hamsterbäckigen Schauspieler, der auf tote Polizisten spezialisiert ist.

«Du bist doch Marc Marronnier, mein Intimfeind? Komm, lass uns Frieden schließen, ich muss dir was Hyperwichtiges sagen, das ist echt superwahr, was ich dir jetzt sage, verstehst du? Hör mir gut zu: Man lebt, wenn man lebt. Ist dir das klar? Hä? Kapiert? MAN LEBT, WENN MAN LEBT! Verdammt!»

«Sag mal, Paolo, bist du sicher, dass du nicht mehr kokst?»

«Also echt, jetzt enttäuschst du mich aber, wenn du solche Sachen sagst ... Ich eröffne dir was WESENTLICHES (er packt Marc am Kragen seines Jacketts), was ich in dem Moment verstanden habe, und du musst gleich wieder unangenehm werden ... Natürlich habe ich mit dem Scheiß aufgehört (Er hält kurz inne.) Hast du was dabei?»

Mit einer ekligen Serviette wischt er sich die Nase. Besser gesagt, er verteilt die Reste des Abendessens auf seinen Wangen. Normalerweise hasst er Marc, weil der in einem Artikel über seinen letzten Film bedauert hat, dass sein Abgang nur gespielt war.

«Du leidest an Epistaxis, Paolo.»

«Hä?»

«Du hast Nasenbluten.»

Paolo kratzt an seinem Nasenloch und inspiziert seine Serviette. Marc nutzt diese Ablenkung, um rückwärts das Weite zu suchen. Wenn er nun über das Gesagte nachdenkt, findet er es völlig richtig. Meistens ist es tatsächlich so: Man lebt, wenn man lebt. Marc hat das schon oft festgestellt.

In diesem Augenblick taucht Solange Justerini auf, Star einer Fernsehserie und vor allem eine von Marcs Ehemaligen. Ein großes Mädchen, stets lächelnd und gut gelaunt, in einem zu ihren blonden Haaren passenden Etuikleid aus Goldlamé. Die Patentlösung auf zwei Beinen.

«Na, immer noch scharf auf mich?», spricht er sie an.

«Idiot! Genialer Abend, hm?»

«Lenk nicht ab! Man sagt, dass die Exen ihr Leben lang den früheren Freunden nachtrauern. Keine Lust zu überprüfen, ob dieses Märchen wahr ist?»

Solange ist zwischen Lachanfall und Ohrfeige hin- und hergerissen. Schließlich zuckt sie nur die Achseln.

«Kindisch wie eh und je, du Armer!»

«Und bei dir läuft alles bestens, hört man ... Neulich hab ich dich auf dem Cover von ‹Glamour› gesehen, alle Achtung.»

«Ja, es scheint nicht schlecht anzulaufen.»

Sie hat ihr Lächeln wieder gefunden. Sie ist so sanft. Marc hat vergessen, was zwischen ihnen nicht stimmte. Warum haben sie sich eigentlich getrennt? Auf einmal fällt es ihm wieder ein: ihre furchtbare Nettigkeit. Diese ständigen Zärtlichkeiten und Aufmerksamkeiten sind erstickend. Ihre Nettigkeit macht einen böse. Man bekommt richtig Lust, ihr wehzutun. Und genau das passiert ihm jetzt wieder.

«So furchtbar ist sie gar nicht, deine Serie.»

«Ja, findest du?»

«Na ja, ist doch nicht so schlimm, es ist dein gutes Recht, so was zu machen, um berühmt zu werden. Alle großen Schauspieler haben mit unglaublichem Schwachsinn angefangen.»

«Was …?»

«Vielleicht übertreibe ich auch, ich hab sie ja noch nie gesehen. Ich wiederhole nur, was alle anderen behaupten.»

«Ach …»

Solange wirkt aufgelöst. Sie ist von Schmeichlern umgeben. Man vergisst schnell, wie ärgerlich es sein kann, wenn einem Nahestehende ihre Kritik ins Gesicht schleudern. Sie spielt mit einer herzförmigen Brosche an ihrem Goldkleid. Verrückt, dass Marc so gar kein Mitleid mit ihr hat.

«Du hast auch ein bisschen zugenommen, oder?»

«Arschloch.»

«Und dein Neuer, ist der auch da?»

«Yes, der große Stämmige dort, Robert de Dax. Er koproduziert meine Serie. Sollen wir hingehen und ihm sagen, was du gerade zu mir gesagt hast?»

«Absurde Idee! Arme Kleine, blöd geboren und nichts dazugelernt. Und hör endlich auf, an dieser lachhaften Brosche rumzufummeln, das macht mich nervös. Du bist wohl körperlich nicht ganz in Form. Na denn, ciao.»

Das war zu viel: Die reizende Komödiantin heult.

«Das reicht, verschwinde! Verpiss dich! Deine Meinung war mir schon immer egal! Du warst mir schon immer egal!»

Sie flieht. Und Marc ist sprachlos angesichts seiner Rohheit. Wie kann man bloß so gemein zu einem so harmlosen Wesen sein? Er erkennt sich selbst nicht wieder. Er läuft ihr nach, fasst sie um die Taille, reicht ihr sein seidenes Taschentuch, bittet sie auf Knien um Vergebung, küsst ihr die Arme, die Handgelenke, die Fingernägel, bedauert aufrichtig, wie erbärmlich er ist, und fleht sie an, ihn zu ohrfeigen:

«Ich hab das doch nicht ernst gemein! Du bist großartig! Was du machst, ist genial! Dein Typ sieht auch ganz nett aus! Und deine Brosche ist entzückend! Ich flehe dich an, hör auf zu weinen! Hau mir bitte eine rein!»

Doch es ist zu spät. Solange stößt ihn zurück und läuft zu ihrem Produzenten. Er muss sich der harten Realität stellen, dass nicht einmal seine Exen etwas von ihm wollen. Irgendetwas macht er falsch.

Am Rande der Tanzfläche hat sich eine neue Ansammlung gebildet. Das macht solche Veranstaltungen aus: Eine Reihe von Mikro-Ereignissen scheucht die Gäste wie zappende Fliegen hin und her. Diesmal ist es Louise Ciccone, die inmitten der Tanzenden niederkommt.* Ihre Transenfreunde jubeln, dass sie für die Hebamme einspringen dürfen. Schließlich schaffen sie sogar die Nabelschnur – mit Hilfe einer Flaschenscherbe, die die Vorsehung ihnen geschickt hat. Die Champagnertaufe des Neugeborenen vollzieht Manolo de Brantos, ein junger Priesteranwärter, der kurz darauf in Ohnmacht fällt. Eine der Transen schluchzt verzweifelt in einer Ecke: Ihr ist soeben bewusst geworden, dass man mit Silikontitten kein Baby ernähren kann.

Auf den Bildschirmen sind Bilder vom Hunger in Somalia zu sehen, man tanzt zu «Trouble», einem Song von Cat Stevens, in einer Garage-Version. Marc füllt seinen Cocktail mit frisch

* Was für ein seherisches Talent! Als der Roman geschrieben wurde, war Madonna noch nicht einmal schwanger. (Anm. d. Autors, der darauf bestanden hat)

gepresstem Orangensaft auf und beschließt dann, die Tanzfläche auf dem Rücken kraulend zu überqueren.

Etwas später, in der DJ-Kabine, verlangt er nach Hard Rock. Sein Anzug hat auf dem Weg gelitten, er ist grau geworden, die Außentaschen sind abgerissen.

«Man muss diese Faulpelze aufwecken!», erklärt er.

Joss Dumoulin lässt sich überzeugen. Er nimmt «Highway to Hell», und schon knallt der berühmte Doppelriff in den Raum.

«He, Joss!»

«Hm?»

«Ich finde die Nymphomaninnen verdammt platonisch heute Abend.»

«Das kannst du vielleicht für dich sagen.»

Joss dreht sich zu der Pressereferentin im Tailleur um, die sich in einer Ecke seiner Kabine wieder anzieht. Bei ihm läuft's gut. Offensichtlich hat er Aufputschmittel genommen. Sein Schweiß stinkt nach Metoxymethylendioxyamphetamin, ein leicht zu erkennender Geruch: wie Walderdbeeren mit Knoblauch.

«Wie heißt sie denn?»

«Die? Keine Ahnung, frag sie doch! Und wo ist meine kleine Clio hin?»

«In Morpheus Armen.»

«Wer ist das denn?»

Ein Blitzlichtgewitter auf der Treppe unterbricht den denkwürdigen Dialog. Jean-Georges reitet auf einem Kamel ein. Jean-Georges braucht man nicht vorzustellen; man nennt ihn den «König der Nacht», den «Allgegenwärtigen», den «berühmten Unbekannten» oder auch «KING OF SE NAIT».

Er schwört, er hätte eigentlich auf einem Elefanten kommen wollen, aber sein Tierverleih habe für diesen Abend keinen einzigen mehr auf Lager gehabt.

«Um 23 Uhr 07 habe ich mich entschieden zu kommen; ich habe um 23 Uhr 34 meinen Smoking angezogen, bin um 23 Uhr 46 aus dem Haus gegangen, bin um genau 0 Uhr 02 mit meinem Jaguar losgefahren, habe mir um 0 Uhr 23 herum den Hals parfümiert (mit «Semence de Roger» von Annick Goûtue, einem Qualitätsprodukt), habe um 0 Uhr 42 mein Kamel gezähmt und um 0 Uhr 50 eine anarchistische Partei gegründet – Ladies and Gentlemen, ich bitte Sie tausendmal um Vergebung für meine kleine Verspätung.»

Er winkt der Menge zu. Jean-Georges achtet auf sein Auftreten. Hinter ihm eine Reifen treibende Mädchenschar. Er lässt einen Regen weißer Blütenblätter vor den Hufen des erstaunten Kamels niedergehen. Eines seiner Ehrenfräuleins hockt sich nieder, um auf den Stufen Pipi zu machen.

Es folgt eine Schlacht mit Flammenwerfern, dann gibt es einige Unzüchtigkeiten, Schlägereien und Entjungferungen, Spiele mit unterschiedlichen Regeln (Russisches Roulette, Zairisches Roulette, Saint-Tropez-Roulette) und dutzi-dutzi mit dem Hardisson-Baby. Kurz nach diesem eindrucksvollen und mit großem Applaus bedachten Entree wiegt er schon Loulou Zibelines Brüste.

«Das nenne ich schöne französische Rundlichkeit, ein doppeltes Milchgewächs von beeindruckender Güte.»

«Dear Loulou», schaltet sich Irène mit ihrem britischen Akzent ein, «erlauben Sie mir, Ihnen John-Georges einzuführen (man beachte die bewusst wörtliche Übersetzung des Verbs «to introduce»)! The funniest guy I know.»

«Er ist wirklich lustig», fällt Marc ihr ins Wort. «Kennt ihr den mit dem Irren, der sein Oberstübchen frisch tapezieren will? Der ist von ihm.»

Marc langweilt. Fab nimmt ihn beiseite.

«Du machst aber ein Gesicht! Cool, man. Wo kommen die negativen Pixel her?»

«Nein, nein, es geht schon, ich hab wahrscheinlich ein Glas zu viel getrunken, das ist alles.»

Fab zieht ihn ein wenig weiter weg, um sie vor indiskreten Blicken zu schützen. Dann holt er ein durchsichtiges Plastiksäckchen mit einem gelblichen Pulver aus seinem Trainingsanzug.

«Easy, boy ... Alles unter Kontrolle. Nimm ein bisschen von meinem Special-K: ein Drittel Koks, ein Drittel Tranquilizer für Pferde, ein Drittel Pille danach für Katzen. Dann brauchst du nur noch dein Leben unter den Sternen der Balearen zu tanzen.»

«Was habt ihr eigentlich alle, dass ich genauso werden soll wie ihr? Heb dir dein Gift für Clio auf, da hinten auf der Bank!»

Marc zeigt mit dem Finger auf die Wiederauferstandene, die barfuß in den Kissen schnarcht. Ihre Plattform-Flipflops liegen unterm Tisch, inmitten zerbrochener Gläser. Fab, dem das wie ein akuter Paranoiaanfall vorkommt, hält ihn erschrocken fest:

«Hallo! Ich rede von Prophylaxe, und du antwortest mit bad trip? Stell lieber auf Autopilot, man ...»

Wie könnte Marc ihm erklären, dass ein tiefes Brummen in seinem Kopf dröhnt, ein ständiger Grundton, schlimmer als Migräne: Konstanter Fabriklärm, wie in den frühen Filmen von David Lynch, der ihn nie in Frieden lässt, niemals, selbst wenn er von Menschen umgeben ist, selbst wenn der Techno in voller Lautstärke tobt, immer, immer hört Marc diese verfluchte Maschinerie im Dreiachteltakt lärmen. Wie soll ich dir das begreiflich machen, Fab?

Wieder einmal flieht Sisyphos Marronnier an die Bar. Er zieht es vor zu sitzen, denn im Gegensatz zu Michel de Montaigne, der gesagt hat: «Meine Gedanken schlafen, wenn ich sie setze», können seine Gedanken im Stehen schlafen. Sitzend dagegen kann er versuchen, ein wenig Ordnung hineinzubringen. Er sieht viele hundert Bilder von sich in der Discokugel über der Bar auf- und absteigen wie die Außenaufzüge am Sofitel. Sein chamäleonhaftes Leben gleicht diesem Puzzle aus gleichen Teilen, ein totales Tohuwabohu ohne Hand und Fuß. Steckt da ein Sinn dahinter? Hat es überhaupt einen Sinn, sich diese Frage zu stellen?

Er wurde in einem westlichen Vorort von Paris geboren und wird auf dem Friedhof von Trocadéro begraben werden, das heißt, er wird ein ganzes Leben dazu brauchen, um das nördliche XVI. Arrondissement zu durchqueren. Bis dahin wird er auf Partys gehen, wo er sich, auf Barhockern hockend, im Spiegel der glitzernden Kugeln betrachtet. Marc denkt leicht an den Tod, an die Eitelkeit unseres Tuns und Treibens, nicht nötig, ihn dreimal nach dem Warum zu fragen, er denkt ohne Unterlass darüber nach. Denn worauf läuft der ganze Spaß hinaus? Dass du dir nicht mehr so viel einbilden kannst, wenn du in einem Sarg aus lackierter Tanne liegst und ein Wurm sich grade in deine linke Augenhöhle bohrt.

«Bah!», ruft er aus und klatscht sich mit beiden Händen auf die Knie, «wir haben doch viel gelacht hier unten!»

«Ach, reden Sie jetzt mit sich selbst?»

Die Pressereferentin misst ihn mit einem heimtückischen Lächeln. Sie ist wieder da. Das Salatfetzchen von vorhin ist von ihren Zähnen verschwunden. Joss arbeitet. Und wenn er auch der Star des Abends ist, muss er genauso seine Brötchen verdienen wie jeder andere auch. Und dabei hängt er in seiner durchsichtigen Blase zwischen den angesagten CDs und muss sich für eine entscheiden. Marc wäre blöd, wenn er das nicht ausnutzen würde. Was hätten denn Sie getan an seiner Stelle? Vor dem Verrecken? Hä?

«Setz dich, statt zu spotten», sagt er und klopft auf den Barhocker neben sich.

«Sie machen vielleicht ein Gesicht!»

«Ach, auch du wirst dich nicht zu mir setzen, aus Mitleid! Okay, ich bin vielleicht geistig etwas weggetreten. Ich kann nicht die ganze Zeit schön und brillant und interessant sein!»

«Bescheiden auch nicht ...»

Sie lächelt, überzeugt davon, dass sie eine geistvolle Spitze losgeworden ist.

«Was trinkst du?»

«Dasselbe wie Sie.»

«Zwei Cata-Tonic mit viel Eis, bitte», bestellt Marc.

Stille tritt ein – völlig normal, es ist schließlich Viertel vor zwei. Marc mustert die junge Frau von Kopf bis Fuß: Ihre schlanken Finger, ihre kleinen Ohren, ihre glänzenden Lippen. Na ja, eine Frau eben. Ganz entspannt lässt er die Frage fallen:

«Du willst nicht mit mir schlafen heute Abend?»

«Wie bitte?»

«Es tut mir Leid, so direkt zu sein, aber es ist spät, und ich versuche Zeit zu gewinnen. Wirst du gleich mit mir schlafen wie vorhin mit Joss, ja oder was, du Schlampe?»

«Nein», sagt die junge Frau und gießt mit einer langsamen, erstaunlich eleganten Bewegung ihr Glas über Marcs Schenkel, bevor sie sich erhebt.

«Wer nicht wagt, der nicht gewinnt», murmelt Marc, wieder allein. «Und der Anzug war sowieso hin.»

Um ihn herum nimmt die Orgie der kaleidoskopischen Seelen ihren Lauf. Marc weiß genau, dass ein Abend ohne Schlägerei, ohne Drogen, ohne Muschilecken und ohne Leichen nicht der Mühe wert ist. Er hat das Fieber der großen Nächte erfahren. Aber er weiß auch, dass das nicht die Lösung ist. Eine Flasche Armagnac pro Abend ist keine Lösung. Barrikaden bauen, einen 205 GTI vor McDonald's in der Rue Soufflot anzünden oder Ausländer verprügeln ist auch nicht die Lösung. Frauen in kleine Stücke schneiden und in den Kühlschrank packen ist auch nicht die Lösung. Beim Aufwachen auf einen Bettüberwurf der Marke Souleiado Blut spucken ist auch nicht die Lösung.

Es gibt keine Lösung, nur eine blasse Schulter, um den Kopf dran zu lehnen und die Augen zu schließen, Cashewnüsse knabbernd, am liebsten in einer großen heißen Badewanne.

2.00 Uhr

Pause

«There I am

2 a.m.

What day is it?»

Haiku von Jack Kerouac

Folgt die Extreme Bizarrerie des Ganzen. Es ist zwei Uhr morgens oder auch nicht. Marc fühlt sich sehr entkoffeiniert. Die Verteilung von Guarana-Pastillen, Smart Drinks und anderen beruhigenden Placebos ändert daran nichts. Joss Dumoulin denkt nicht mehr an die anderen. Er mischt jetzt die *Messe für die heutige Zeit* mit dem *Brummen eines Elektrorasierers auf den Saiten eines Klaviers* (zwei Kompositionen von Pierre Henry). Der Oberste DJ wird nicht allein in sein Hotel gehen. Der Portier wird in einer Livree aus lauter Verständnis stecken. Das Bett wird nach zu sauberer Wäsche riechen. Die Pressereferentin (die schon wieder) wird sich mit großem beruflichen Pflichtbewusstsein all seinen Launen unterwerfen. Im Kabelfernsehen wird ein Porno laufen. Der Master of Ceremony wird erfolgreich einen Club eröffnet haben, und es war wirklich sehr gelungen heute Abend, bravo, ich hab dich letzten Monat im «Œil» gesehen, du sahst gut aus, ruf mich unter der Woche an, ich steh leider nicht im Telefonbuch. Gut, Marc, dass du so stoisch bleibst in deinem Schmerz, auf deiner unmöglichen Suche.

Ondine scherzt mit ihren Freundinnen an der Bar, Ari ruft ihnen zu:

«Schnell! Sie sind alle draußen, Jean-Georges und die anderen!»

Marc folgt ihnen in die Kälte. Dreißig Stück Dreck, Wracks, Müllhaufen werden nachts auf die Place de la Madeleine gespien, das nennt man *Pollutio nocturna*.

Vor dem Eingang des Clubs singt Jean-Georges mit einem Dutzend anonymer Begleiter auf den blitzenden Sportwagen stehend «Die Muschi in Nachbars Garten». Pech für den Besitzer des Porsche-Cabrio, dessen Dach den spitzen Absätzen nicht gewachsen ist.

Jean-Georges brüllt: «Attacke!», nur so zum Spaß. Die Anwesenden nehmen ihn beim Wort. Die folgende Randale geht also auf sein Konto. Die Vandalen im Zweireiher geben kein Pardon. Die Schaufenster von Ralph Lauren und Madelios werden eingeschlagen und ausgeräumt. Alarmsirenen untermalen die gemeine Plünderung. In Plastik verpackte Hemden ergeben erstaunliche Frisbees. Marcs Pünktchenkrawattenkollektion wächst um ein paar Exemplare zu einem unüberbietbaren Preis-Leistungs-Verhältnis. Jean-Georges verwechselt eine Schachtel goldplattierter Manschettenknöpfe mit einer Hand voll Konfetti. Im Umkreis des Faubourg Saint-Honoré kommt es sogar zu umstürzlerischen Anwandlungen, aber da niemand ein alternatives politisches Programm verfasst hat, kriegen sie im letzten Moment noch die Kurve. Es ist einfach konstruktiver, mit kräftigen Fußtritten die Alarmanlagen sämtlicher Limousinen in der Straße auszulösen.

Einer der Edelrowdys schafft es, in den Briefkasten zu pinkeln, der bei Lucas Carton hängt. Ein wahrhaft anarchischer Akt, und akrobatisch noch dazu. Marc malt sich die Bestürzung der jungen Mädchen aus, die morgen nach Urin riechende Liebesbriefe erhalten, die Fressen der Finanzbeamten angesichts gelblicher Schecks, die verpissten Postkarten ... In einen Briefkasten zu urinieren ist vielleicht eine der letzten wirklich revolutionären Taten, die ihnen noch möglich sind. «Hoch der Hooliganismus per Post!»

Im Grunde besteht kein Unterschied zwischen einem Vorstädter aus dem schicken Neuilly-sur-Seine und einem Vorstädter aus dem schäbigen Vaulx-en-Velin, außer dass der erste den zweiten liebt.

Jetzt klettern Jean-Georges und sein Fanclub auf das Gerüst vor der Église de la Madeleine, die gerade renoviert wird. Ein Schild zeigt an: «DIE STADT PARIS RESTAURIERT IHR HISTORISCHES ERBE.» Marc bemängelt, dass Karyatiden zum Knutschen fehlen. Wichtig ist aber, dass die Stangenkonstruktion sie aushält. Verrückt, welche Gewandtheit einem ein paar Promille im Blut verleihen. In sieben Sekunden haben sie sich zum Dach dieses napoleonischen Tempels hochgehangelt. Sie beschließen, hier oben zu picknicken, das heißt, Bier aus Dosen zu speisen.

Die Aussicht hat etwas Märchenhaftes. Paris als stummes Stadtmodell im Maßstab 1:100. Wenn Gulliver (oder King Kong oder Godzilla) auftauchen würde, könnte er diese Gebäude wie mehrstöckige Torten aus Zuckerwatte zerquetschen. Jean-Georges steht am Rand des Abgrunds, gegenüber dem Palais-Bourbon.

«Schaut! Vor mir liegt der Süden: Afrika. Zu meiner Linken die Russen, rechts die Amis. Die einen sterben vor Hunger, die zweiten vor Neid, die dritten an Magenverstimmung. In jedem Hafen der Ex-UdSSR liegt ein Atom-U-Boot kurz vor dem nuklearen Knall. In den Vereinigten Staaten von Amerika regiert die Mafia, seitdem sie John Kennedy ermordet hat. Die ganze Welt leidet, immer noch hat keiner ein Mittel gegen das verfluchte Aids gefunden, und was tun wir? Nichts als Müll haben wir im Kopf. Verdammte Arschfickerbande, ich hasse euch. Außerdem ist dieses Bier warm, scheiße!»

Er lässt seine Dose fallen, die die Windschutzscheibe eines Rolls-Royce zertrümmert, welcher von einem 2 CV abgeschleppt wird, der in diesem Moment den Platz überquert.

Matthieu Cocteau, von einem unbezähmbaren Lachkrampf geschüttelt, kotzt quasi sofort auf die Passanten, wozu sein Unterleib hohe Gurgelgeräusche von sich gibt, die unschön klingen.

Jean-Georges hat den verdrehten Kopf eines Menschen, der lange Zeit bei der Lektüre medizinischer Lexika onaniert hat. Er setzt seine Brandrede fort:

«Seht euch doch bloß an, verdammt! Ein Haufen unnützer Hurensöhne, das seid ihr und nichts anderes. Ihr seid zu nichts gut! Ihr stinkt, das ist alles! Die da zum Beispiel ...»

Er zeigt mit dem Finger auf die Baronin Truffaldine.

«Hast du keine Spiegel zu Hause, Rochenmaul? Was musst du uns den Anblick einer Achtzigjährigen aufzwingen? Du vertrocknete alte Muschel, in deinem Alter blutet man doch höchstens aus der Nase!»

«Ach, halt die Klappe, ich kann noch gut auf dich scheißen, aber ich würde es zurückfordern, du jämmerliche, impotente Schwuchtel! Lass dich doch mal ordentlich rannehmen! Du bist eine Immunschwächekrankheit für sich! Aufpoliertes Wrack du! Spermiensack! Lepröser Abschaum! Wandelnder Gefrierbrand! Du kannst dir mit meinem Durchfall die Haare waschen!»

Es gibt kein Alter mehr. Umso besser: Der Sturm der Beschimpfungen aus dem Munde der eisernen Jungfrau besänftigt Jean-Georges. Ari schaltet sich ein:

«Eh, Leute, ist euch eigentlich klar, wo wir hier sind? Wir sind auf dem DACH DER WELT! Hier ist alles möglich! Ihr müsst nur sagen, was ihr sein wollt!»

Da sprudeln die Wünsche.

«Ich wäre gern der Schönheitsfleck von Cindy Crawford!»

«Und ich der BH von Claudia Schiffer!»

«Äh, könnte ich nicht das Höschen von Christy Turlington sein?»

«Die Kirsche von Sherilyn Fenn!»

«Und ich geh euch auf die Nerven, weil ich die Spirale von Kylie Minogue, das Tampax von Vanessa Paradis, die Hämorrhoiden von Line Renaud, der Schwanz von Amanda Lear BIN! Ich BIN der Wurm, der in diesem Augenblick in den Eingeweiden Marlene Dietrichs wühlt!»

Unschwer ist darin der Jean-Georges'sche Grundton zu erkennen.

In der eisigen Luft stellen sich alle Jackenkragen auf. Ihr saurer Magen wird sich erkälten. Mitten in Paris friert eine Horde junger Ohrfeigengesichter auf dem Dach eines historischen Monuments. Frauen sind darunter, Männer und solche, die sich noch nicht entscheiden können. Keiner ist müde genug, um es gut sein zu lassen. Ari holt ein riesiges Stück öligen Shit heraus, und leider muss auch Jean-Georges' Schüttelreim * hier zum Besten gegeben werden:

«In der Nacht ist jeder Shit fett.»

Etwas abseits von der Gruppe macht Fab weiter Irène den Hof.

«Ich habe ein hyper-gonzo-Auferstehungsfeeling in dieser Motion-Zone. Kriegst du das spiralige Universum klein?»

«You know Fab, it's cold here, ich friere es, brrr, completely freezing.»

Es ist nicht ausgeschlossen, dass sie verliebt sind. Ein paar

* ... der leider nur im Französischen funktioniert: «La nuit tous les shits sont gras» ist ein Schüttelreim des Sprichworts: La nuit tous les chats sont gris (In der Nacht sind alle Katzen grau). (Anm. d. frustrierten Übersetzerin)

Voraussetzungen sind erfüllt: Erstens wendet sie den Blick ab, wenn er sie ansieht; zweitens hat er beim Sitzen die Füße nach innen gedreht.

«Schlüpf für ein paar Nanosekunden in meine zweite Haut, du tiefgekühlte baby doll.»

Fab gibt Irène seinen durchsichtigen, leopardengemusterten Regenmantel. Die Typen machen sich ihr ganzes Leben über die Zärtlichkeit lustig, aber kaum wird einer von ihnen romantisch, leistet er sich die himmelblausten Klischees. Marc ist hinter seinem Babyface zum Heulen zumute. Er kann sich noch so sehr bemühen, diesem Abend zu entgehen: Hier, fernab von dem Treiben im «Klo», fühlt er sich mehr denn je als Gefangener. Ari winkt wild.

«Komm, der Joint dreht schon die dritte Runde!»

«Danke, nein, ich rauche nicht, ich muss davon husten.»

«Na gut, dann iss halt ein Stück.»

Er zeigt ihm seinen braunen Kiesel. Marc will nicht immer nein sagen. Er verschluckt ihn und zieht ein Gesicht.

«Ich weiß nicht, ob ihr dieses Zeugs schon gekostet habt, aber man kann gut verstehen, warum es ‹Shit› heißt.»

Marc hat sich im Schneidersitz niedergelassen. Im Club hatte er keine Zeit zur Traurigkeit. Doch in diesen Höhen, die auf die Stadt herabblicken, bricht die Melancholie sich Bahn. Ununterbrochen bedauert Marc die Abwesenheit derer, die nicht da sind. Sie fehlen ihm immer, genauso wie ihm die Ereignisse fehlen, die ihm nie zustoßen werden, oder die Werke, die nie jemand zu schreiben beschließen wird. Hinter all den Wolken funkeln sicher die Sterne. Ein eisiger Wind wird sich erheben und wieder abebben. Der Himmel gleicht dem Meer. Wenn er den Kopf nach unten legt, ist es Marc, als könnte er mit angehaltenem Atem ins Firmament eintauchen.

Jean-Georges sitzt auf einem Brett und beginnt einen endlosen Vortrag. Bei einem ähnlichen Ausflug zu den glitschigen Dächern des Cercle Interallié hat einer von ihnen fünf Etagen tiefer den Tod gefunden. Marc hat seine letzten Worte nie vergessen: «Alles ist mehr als perfekt.» Das hatte er kurz vor seinem Sturz Schlag Mitternacht gesagt. (Fünf Sekunden nach Mitternacht, um genau zu sein, schlug sein Körper im Erdgeschoss auf.)

«Meine lieben Freunde», brüllt Jean-Georges, «das Ende der Welt ist nah. Es gibt keinen Unterschied zwischen Patrick und Robert Sabatier. Keinen Unterschied zwischen Yachtbesitzern und Boatpeople. Und der Jetset war schon immer ohne festen Wohnsitz. Die Konsumgesellschaft geht unter. Die Kommunikationsgesellschaft auch. Bleibt nur noch die Masturbationsgesellschaft. Heute wichst alle Welt. Das ist das neue Opium des Volkes. Onanisten aller Länder, vereinigt euch! Selbst ist der Mann!»

Marc sei seine Heiterkeit verziehen: Das Zeug von Ari löst sich allmählich in seinem Blut. Jean-Georges begnügt sich damit, an einer leeren Bourbonflasche zu schnüffeln.

«Willkommen in der wunderbaren Welt der finalen Masturbation! Die Soziologen nennen es Individualismus, ich sage dazu internationale Onanie!»

«Aber das ist doch nichts Schlechtes!», widerspricht Mike Chopin, ein arbeitsloser Wichser von Welt.

«Ah! Ein verfrühter Opponent! Er denkt, dass die Masturbationsgesellschaft noch ewig dauert. Täuscht euch nicht, meine Lieben! Sie wird euer Tod sein. Wenn Wichsen zum Ideal wird, ist der Untergang nah. Denn Onanie ist das Gegenteil von Leben: flüchtige kurze Lust, traurige Entladung, schnell erschlaffende Hingabe. Onanie gibt niemandem etwas, am wenigsten dem, der kommt. Sie tötet uns alle langsam ab. Nein, meine Damen und Herren, so Leid mir das tut: DAS ENDE DER WELT WIRD EIN LASCHER ORGASMUS SEIN. Danke für Ihre Aufmerksamkeit.»

Trotzdem nimmt Jean-Georges, als er sich wieder setzt, einen tiefen Zug aus dem Joint. Fast hätte er Marc von seinem Wahn überzeugt, doch Marc fürchtet sich vor nichts. Er hat nur immer seinen Pass bei, um jederzeit irgendwohin verschwinden zu können. Sicher kommt er deshalb nirgendwohin. Und jetzt steht er auf, um das Wort zu ergreifen:

«Ach, wenn nur irgendjemand die Berliner Mauer wieder aufbauen könnte ... Wir würden uns viel besser fühlen, wenn wir vor unseren ehemaligen Feinden sicher wären. Doch das ist vorbei!»

Er leckt an einem Finger, um die Windrichtung festzustellen, und steckt ihn dann wieder in die Tasche.

«Nichts ist uns geblieben, keine Ideen mehr, bloß eine Wüstenei, in der wir orientierungslos umherirren. Lassen wir die vorhandenen Angebote doch einmal Revue passieren ... Die Ökologie?»

Ein abfälliges Gemurmel geht durch die Gruppe. Marc fährt fort:

«Erbärmlich: Die Natur fürchtet das Nichts, deshalb fürchten wir die Natur. Auge um Auge, Zahn um Zahn ... Die Religion?»

Jean-Georges unterdrückt ein Gähnen. Marc fühlt, wie sich eine ungeahnte Kraft seiner bemächtigt:

«Jeder soll glauben, was ihm gefällt, aber der Islam gibt doch wirklich ein schlechtes Beispiel – eine Religion, die die Frauen versteckt und die Schriftsteller ermordet, steht auf tönernen

Füßen. Über den Papst wollen wir gar nicht reden, um unseren Großeltern keinen Kummer zu machen. Ihr wisst schon, der Papst ist der Mann in Weiß, der den Schwarzen sagt, sie sollen keine Präservative benutzen, während die tödliche Seuche floriert ... Gut, was gibt es noch an Ideologien zurzeit? Ach ja, den sozialen Liberalismus. Es sei denn, ihr gebt dem liberalen Sozialismus den Vorzug.»

Ein Freund von Ari, bei der Crédit Suisse First Boston zuständig für Fusionen und Akquisitionen, fasst die Reaktionen in einem Satz zusammen:

«Wenn das droppt, werden wir alle jumpen.»

«Du sagst es», knüpft Marc an seine Ausführungen an. Das ist die Herrschaft des Geldes, der Arbeitslosigkeit, des Nichts ... Was nun? Auf WELCHE Ideologie sollen wir das nächste Jahrhundert bauen? Weil – aufpassen allerseits! – wenn ihr diese Frage nicht beantwortet, dann kommen die Nakos, und mit denen ist nicht gut Kirschen essen.»

«Die wer?», fragt Ari, der gerade den Rauch seines Joints aushustet.

«Die Nationalkommunisten: linksradikale Faschos, rechtsextreme Marxisten, die ganze Blase. Wenn wir ihnen nicht Paroli bieten, sind sie vor dem Ablauf dieses Dezenniums an der Macht.»

Vom Cannabisrauch und dem Höhenwind angeregt, schlägt jetzt jeder eine rettende Ideologie vor:

«Wie findet ihr den Antiarbeitismus? In einer Gesellschaft von lauter Arbeitslosen gibt es keinen Neid.»

«Mein System ist viel besser: die Nonkonsumgesellschaft. Keiner kauft mehr Waren in den Geschäften, alles wird nur noch recycelt.»

«Ich hab was Besseres: Die Totalumverteilung: Man schafft

eine Sozialhilfe für alle, die durch die Mehrwertsteuer von allen finanziert wird. Man könnte das Ganze auch kapitalistischen Kollektivismus nennen.»

«Und was haltet ihr von der Anarchoplutokratie? Keine Sozialversicherung, keine Steuern, kein Rauchverbot mehr, alle Drogen legalisiert und eine Armee von Wachdiensten, die ausschließlich zum Schutz des Privateigentums da ist ...»

Marc betrachtet begeistert sein Werk. Die Abgeordneten geben ungeordnetes Zeug von sich, also zieht er den Schlussstrich:

«Überhaupt nichts. Ihr begreift es einfach nicht. Die Zukunft liegt im Parisismus.»

Ari und Jean-Georges sind sprachlos. Marc lässt sich nicht beirren.

«Der Parisismus hat nichts mit dem zu tun, was man normalerweise darunter versteht (mondänes Leben, Hochmut der besseren Viertel etc.). Der Parisismus ist der Kampf für die Unabhängigkeit der Stadt Paris. Machen wir es wie die Korsen, die Basken, die Iren, die einzigen anständigen Völker Europas! Lasst uns unsere PLO gründen, die Unabhängigkeitsbewegung für die Befreiung von Paris, und Anschläge planen gegen die verbrecherische französische Republik, die uns dazu zwingen will, mit Bretonen, Elsässern oder anderen Provinzlern zusammenzuleben! Wollen wir die schönste Stadt der freien Welt mit jeder dahergelaufenen Landpomeranze teilen? Es lebe Paris, nieder mit Frankreich! Seid ihr bereit, für diese Stadt zu sterben?»

Die paar Partisanen brüllen ihr unbefristetes Einverständnis im Chor. Marc erfindet sogar Slogans; am besten zu merken ist: «Freiheit von Frankreich – Pariser sind nicht gleich!» Hundertmal einstimmig wiederholt, wird es langsam glaubwürdig.

Eine halbe Stunde später sind alle Revolutionen vertagt. Fernsehantennen zerschneiden tintenschwarze Wolken. Von fern betrachtet, erinnert das Dach der Madeleine an Walt Disneys Aristocats. Das schläfrige Grüppchen könnte ein Areopag von Hauskatzen sein, mit schwarzer Krawatte und kurzem Kleid. Sie schnurren nicht. Nur ein leises Miau hie und da, allerhöchstens. Kein Grund sie zu schlagen.

Fab liegt auf dem Rücken und starrt in den Himmel.

«Am 24. Februar 1987 explodierte der Stern Sanduleak 69-202 neben der Großen Magellan-Wolke, 180 000 Lichtjahre von der Erde entfernt. Wäre diese Supernova ein bisschen näher, sagen wir zehn Lichtjahre, explodiert, wäre die Erde plötzlich verschwunden.* Alles wäre verbrannt, die Fauna, die Flora, die Gesamtheit allen Lebens. Der 24. Februar 1987 hätte der letzte Tag dieses Planeten sein können. Und was habt ihr gemacht am 24. Februar 1987?»

Schweigen.

«Das Ganze hätte sich verflüchtigt, und nichts wäre übrig geblieben von den kleinen Tierchen auf dieser kleinen Kugel: der Menschheit», sagt Ari mit einem Hauch von Ironie.

«Ach, wär's doch bloß so», seufzt Marc, «dann könnten sie nicht so schlau tun, Marcel Proust, James Joyce, Louis-Ferdinand Céline ... ausgelöscht für alle Zeit!»

Irgendetwas schien sie zusammenzuschweißen. Waren sie sonst immer zu mehreren allein, bildeten sie jetzt ein richtiges Team. Angst ist kein Nullsummenspiel. Jeder schien darauf zu

* Stimmt. (Anm. d. Autors, dem daran liegt)

warten, dass sein Nachbar etwas Trauriges und Poetisches von sich gab; es war einer dieser seltenen Momente, in denen man unglücklich sein und trotzdem ruhig bleiben kann. Schließlich überlebt man nicht jeden Tag das Ende der Welt.

Place de la Madeleine, die Rue Royale wird zur Rue Tronchet, Fauchon vis-à-vis von Hédiard; ein paar Meter von hier entfernt regiert François Mitterrand Frankreich seit über einem Jahrzehnt. Zu dieser Stunde passiert nichts Weltbewegendes mehr. Eine Gruppe Polizisten begutachtet die Schäden an den nahe gelegenen Geschäften. Ohne Ergebnis; enttäuscht verwarnen sie ein paar übertrieben geschminkte Damen, deren in zweiter Reihe geparkte Wagen Familienväter aus Le Vesinet beherbergen. Anschließend verschwinden die Beamten in einer Blaulichtsymphonie.

«Schau», sagt Jean-Georges, «Blondin lebt!»

Tatsächlich, mitten auf der Straße stehen zwei, drei Bonvivants, die ihr Jackett mit dem roten Tuch der Stierkämpfer verwechseln und die Boliden herausfordern, die sich auf dem Boulevard drängeln.

Als sie vom Dach herunterklettern, bricht sich Ondine den Absatz. Eines Tages werden sie ihren Kindern von ihrer bewegten Jugend erzählen.

3.00 Uhr

«In der schwarzen Nacht der Seele ist es immer drei Uhr morgens.»

Francis Scott Fitzgerald,
Briefwechsel

«Die Wasserspülung! Die Wasserspülung!»

Zurück in der Disco, beginnt das Grüppchen Ansprüche zu stellen. Sie wissen, dass das Klo über ein seiner immensen Größe angemessenes Reinigungssystem verfügt. Und sie halten den Zeitpunkt für ideal, dass Joss es in Gang setzt. Jetzt, wo sie draußen ein bisschen Frischluft getankt haben, brauchen sie einen Dämpfer.

«Die Wasserspülung! Wir wollen DIE WASSERSPÜLUNG!»

Joss betrachtet sie väterlich lächelnd wie ein Henker den zum Tode Verurteilten, der seine letzte Zigarette rauchen will. Er zuckt die Achseln und zieht an einem Hebel.

Und die Bitten werden erhört.

Plötzlich werden die wütenden Wilden auf die Fliesen der WC-Muschel geschleudert. Man hört ein Gewitter rülpsen. Mit einem Schlag sind alle nass bis zum Kinn von dem schäumenden Wasser, das wie Sternenmagma über die Rutschen herunterschießt. Sie baden in panischer Heiterkeit.

Das also ist die festliche Lösung: eine trübe Apokalypse, eine letzte Trance, harmloses Ertrinken. Marc macht sein Testament als Partygänger. Er schwimmt im Gemetzel. Ein Blob in den Bleeps. Von Slimy zu Smiley. Bitteres Acid. Ball ohne Masken.

Die Flut inspiriert ihn. In zwei Meter Seifenschaum versunken, schnappt er nach Luft und Lücken und tritt frigide Nixen mit Füßen. Der Ausgang dieser aquatischen Soap-Opera ist ihm nicht bekannt. Dreihundert ekstatisch aufgelöste Gestalten kann man schließlich nicht einfach überspringen. Marc Marronnier ist nicht Esther Williams. Meisterhaft schwimmt er im Malstrom.

Also lässt er sich treiben, sinken und sein irres Lachen von den Gezeiten schaukeln wie in einem langen Orgasmus, einem freudigen Kollaps, einem freiwilligen Schwerkraftabbruch. Endlich sieht er die unsichtbaren Farben der Schwerelosigkeit. Er meint sogar das «Dies Irae» zu hören, seinen Sirenengesang beim Überqueren des Styx. Seine Zunge begegnet anderen, Brustwarzen streifen seine Hand. Der Shit, den er geschluckt hat, beginnt zu wirken.

Welcher Tag ist heute? Und in welcher Stadt?

Er bräuchte einen Kaugummi, um nicht mehr mit den Zähnen zu knirschen. Sein nächstes Buch wird «Plapperei und Priapismus» heißen und sich nur fünfmal verkaufen. Er plädiert auf Schuld an allem. Die nächsten zehn Alben von Prince sind schon aufgenommen, aber immer noch nicht im Handel. Der Zinssatz für kurzfristige Anleihen wird bald sinken. Wenn man fünf Bailey's und darauf ein Glas Schweppes trinkt, explodiert der Magen. Marc kann zwei kurze Sekunden lang die Augen schließen, wer soll ihn daran hindern?

«Ich bin ein Peacemaker mit Panne. Ich bin ein kopfoperierter, kapriziöser Komet. Ich bin eine Kloake Klickklack Kachexie Ataxie Ataraxie boom boom ah.

Der elektrische Fluss weckt die Hetären und reizt zu Mesalliancen saka saka boom ah ah ah.

Then then cockney ganz hydraulisch auf köstlichem Röcheln von links nach rechts. Pam pam siki siki pam pam.

Im Hammam fonkadafonk hip hip der Seen der Säuberung versinken Fläschchen des Rausches tief im Grunde Metastasen und Gallerte vom dionysischen Vitriol versengt boom tschak saka tschak.

Hier schon Schallwolken und wieder aufgetauchte Spinnenfrauen in verdreckten Daunenjacken bamm bumm titididi bumm bamm bumm.

Erst kommt das Leben, dann das Piercing tugutugu plam.

Schlaf wie flüssiges Blei intravenös injiziert saka saka zzzzim.

Der Whisky scotcht dich an die Decke pom pom da pom pom.

Geisterbahn, kaum dass du die Augen schließt, schwarzes Loch abgrundtiefe Schlucht mentale Niagarafälle totale Sonnenfinsternis padam padam hi ha ya.

Das Kippen ist arteriell, der Kopfsprung ist neuronal, Pentothal ist amniotisch pidim pidim padam pump und wazzam.

Ablösung der Netzhaut und der Tapeten plom ssaw plom plom sssaw.

Ich bin eine interaktive CD ein überlasteter Schneidetisch eine durchgebrannte Sicherung fonfonfonffon.

Hibernation ich kryogeniere mich wenn ich zu Hause bin schließe mich in den Gefrierschrank ein das steht fest ich werde das erste menschliche TK-Gericht.

Die Quelle all meines Verdrusses: Ich ist kein Anderer. Ich ist kein Anderer. Ich ist kein Anderer. Ich ist kein Anderer.

Dance Dance Dance or Die.»

Als er erwacht, liegt Marc auf dem schönsten Mädchen der Welt. Sie haben unter einem Lautsprecher geschlafen, von Dezibels gewiegt. Neben ihnen brüllt eine Drag Queen: «Eat my cunt!», aber es sind nur ihre Hormone, die auf dem Trip sind.

«Macht Spaß, oder?», fragt Marc.

«Leider zahlt die Krankenkasse das Alkoholkoma nicht», gibt das Mädchen, das ihm als Matratze dient, zur Antwort.

«Hab ich lang gepennt?»

Sicher sagt das Mädchen etwas, aber Marc kriegt es nicht mit, weil

1) er Wasser in den Ohren hat
2) Joss die Lautstärke raufdreht
3) das Mädchen vielleicht doch nichts gesagt hat.

Auf der Tanzfläche ist das Wasser gesunken. Die Leichen der Ertrunkenen werden entsorgt. Die Geretteten veranstalten einen Seifencocktailcontest. Das Fest ist noch nicht zu Ende.

Fab trieft.

«Elephantastische Party! Der DJ gibt der Dance-Hall Halt! Dimension Ewigkeit! Technodelische Sirenen!»

«Ja, Fab!», schreit Ari Wiz, «das ist scheint's ein Abend auf Abzockbasis!»

«ABZAKBASI? Yo man, genau das ist es! Total ABU DHABI!»

Man zählt die Überlebenden. Loulou Zibeline liegt ohnmächtig auf einem Menschenhaufen, in dem Jean-Jacques de Castelbajac oben ohne, die Brüder Baer beim Inzest, das Baby der Hardissons und Guillaume Rappeneau unten ohne zu sehen sind. Die Gruppe Nique Ta Lope hat vor dem zerschlissenen Menschenknäuel wieder zu lärmen begonnen. Joss Dumoulin streicht herum. Marcs weibliche Matratze lässt sich dort und daaaa küssen. Er atmet in Abständen durch den Mund. Sein Magen schmerzt mehr und mehr: Anzeichen eines Zwölffingerdarmgeschwürs oder Beginn einer dreißigjährigen nervösen Depression?

Dieses Mädchen – Marc hat das Gefühl, sie zu kennen. Er hat sie schon irgendwo gesehen. Er hat ihren Namen auf der Zungenspitze (ihren Körper ebenfalls). Sie ist so sanft, so erquickend ... So *logisch*, so *evident* ... Nichts ist schöner, als auf einer Frau aufzuwachen, die einen Schnürsenkel um ihren winzigen Hals gewickelt hat, wenn es nicht ein Moiré-Band ist ... Marc wollte eine Nymphomanin finden, aber in Wahrheit suchte er nach einem sanften, feinen, stillen Fräulein, einer heiteren Erscheinung, einer glücklichen Liebe ... Diese Frau ist sein Medikament ... Sie hält seinen nassen Kopf in ihren Händen und fährt ihm mit den Fingern durch die Haare ... Vielleicht haben sie sich geliebt vorhin, im Wasser, wer weiß ... In dem Gedränge wäre das nicht ausgeschlossen ... Welch ein Geschenk ... Marc fühlt sein Herz an ihrem Busen schlagen ... Ja, sie ist es, nach ihr hat er gesucht ... Langsam schließt er seine Augen wieder, weil *irgendetwas* ihm sagt, dass sie nicht weggehen wird.

Robert de Dax, der besoffene Playboy, hat Solange Justerinis Taille umfasst. Sie sind dem musikalischen Planschbecken fern geblieben. Robert de Dax lächelt zu viel. Menschen, die zu viel lächeln, haben etwas zu verbergen – eine Leiche im Keller, einen Bankrott, Implantate? Nachdem sie Marc und seine Freundin eine Zeit lang umkreist haben, steuern sie schließlich auf die beiden zu. Man muss nicht Yaguel Didier heißen, um vorherzusehen, dass das Turbulenzen nach sich zieht. Ihre Blicke stoßen zusammen. Robert beginnt das Gespräch:

«Ach, da ist ja dein kleiner Ex-Freund. Macht er mal Pause?»

«Würdest du mir bitte deinen Kerl aus der Sonne nehmen, Solange?», blafft Marc.

Solanges Lippenstift ist etwas breiter verteilt, als es sich gehört. Und Robert erweist sich als einer der nervösesten Knaben, die Marc kennt. Das letzte Mal hat er so rote Augen in Harry's Bar gesehen. Danach musste sie restauriert werden.

«Darf ich dir Robert vorstellen?», fragt Solange. «Robert, Marc.»

Hitze und Staub. Der Typ sieht hackevoll aus. Er durchbohrt Marc mit seinem Blick.

«Könntest du bitte wiederholen, was du zu Solange gesagt hast? Du hast dich ihr gegenüber wohl danebenbenommen.»

«Hört mal zu, Kinder», sagt Marc, «ihr seid ganz entzückend. Nur lasst uns bitte in Ruhe. Wie soll ich mich gegenüber jemandem, der gar nicht existiert, danebenbenehmen?»

«Hast du ein Problem, du Autist? Willst du unbedingt dein Leben kurz und klein geschlagen kriegen? Hast du Lust darauf, die Barhocker zu küssen? Ich wusste gar nicht, dass Blutegel lebensmüde sind.»

Marc kann nicht anders. Er wägt das Für und Wider ab und zielt auf die Eier. Hoffen wir für ihn, dass er wirklich keine andere Wahl hatte. Errare humanum est. Dann geht alles sehr schnell.

Robert das Faktotum schnappt sich einfach Marcs Fuß und verdreht ihn. Der Knöchel knackt. Dann versetzt er ihm einen brutalen Kopfstoß, und man hört das bekannte Geräusch der Abends-in-dunklen-Bars-gebrochenen-Nase. Man hört es öfter. Robert hält den armen Marc immer noch am Fuß, mit der anderen hat er seine Haare gepackt und hört nicht auf, sein Gesicht an der Ecke eines Tisches einzudellen. Marc versucht sich verzweifelt zu befreien. Sein Gesicht ist blutüberströmt, die Augenbraue aufgeschlagen, die Nase bis auf den Knochen gespalten, und Robert haut weiter drauf, zehnmal, zwanzigmal, und bei jedem Schlag sieht Marc Sternchen.

Glücklicherweise kommen Freunde zur Verstärkung. Franck Maubert verpasst dem armen Robert einen Strafstoß in die Hoden. Matthieu Cocteau beißt ihm ein Ohr ab. Édouard Baer fügt ihm mit dem Stuhl im neuen Design von Starck TM einige Schnittwunden zu. Guillaume Rappeneau feuert sie an mit den Worten: «Kein Mitleid mit der Middle Class!», und springt dann mit geschlossenen Füßen auf seine Rippen. Als Robert ihn losgelassen hat, ist Marc lautlos umgefallen. Sein Hintern landete mit einem «flotsch» auf dem Boden. Die Schmerzen raubten ihm fast den Atem, während der andere ins Krankenhaus geschleift wurde.

Marc schlägt die Augen wieder auf. Uff! Schon wieder erwacht er in den Armen des schönen Mädchens und beschließt, nie mehr einzuschlafen, weil die Wirklichkeit so unendlich viel schöner ist als die Träume, besonders wenn man zu viel getrunken hat.

Marc holt tief Luft, trinkt einen großen Schluck Wasser, stellt das Glas zurück, das das Mädchen ihm reicht, rülpst diskret, lockert seine Krawatte und blickt vertrauensvoll in die Zukunft.

«Wir sind ein jungdynamisches Paar», sagt er.

«Du bist ein aerodynamischer junger Mann», erwidert sie in Anspielung auf seine berühmte Doppelnase (Marcs vorspringendes Kinn erinnert an eine zweite Nase unter dem Mund, das ist eben so, niemand kann etwas dafür).

«Küss mich zwischen die Nasen», verlangt er.

Und so kommt es auch.

Sie beschließen aufzustehen, um einen trockenen Ort aufzusuchen, eine mit Luftschlangen bedeckte Bank beispielsweise. Sie fragt ihn über alle Leute aus:

«Was ist das für einer?»

«Leiter einer Versicherungsgesellschaft.»

«Und der da, was macht der?»

«Nachrichtensprecher im Fernsehen.»

«Und der dort hinten, der ganz allein in einer Ecke sitzt?»

«Der dort? Der ist sentimental.»

Durchnässt, aber förmlich verteilen die Kellner Zwiebelsuppe an die schlotternden Gäste. Sie reibt ihm den Rücken mit einem Badehandtuch ab.

«Wir betrachten es einfach als meine wöchentliche Waschung», sagt Marc.

«Jedenfalls kann man den Anzug in den Mülleimer werfen.»

Sein Jackett liegt zusammengeknäuelt auf dem Kunstlederpolster. Gesundheitsgefährdender Scheuerlappen.

«Wir machen kleinen Tisch mit der Vergangenheit», verkündet er.

Das Mädchen bleibt an seiner Seite sitzen, trotz dieser Entgegnung. Mario Testino macht ein Foto von ihnen. Marc sagt zu ihr:

«Eines Tage werden wir die Abzüge über unser Bett pinnen.»

Mit seiner Korkenzieherkrawatte, in Hemdsärmeln und den Kopf in ein Handtuch gewickelt, ähnelt er einer ukrainischen Bäuerin am Waschtrog. Das Mädchen lacht und zieht ein Gesicht.

«Ich fühle, dass ich dieses Foto mein ganzes Leben lang lieben werde», sagt er, ohne sie aus den Augen zu lassen.

Sie weicht seinem Blick nicht aus.

Marc fühlt sich von ihr ertappt. Gewöhnlich, wenn er allein ist, wünscht er sich alles traurig (wenn er mit Menschen zusammen ist, wünscht er sich alles lustig). Aber hier ist ihm alles egal. Er küsst sie auf den Hals, auf die Pupillen und auf die Zahnwurzeln. Sie sendet Ströme von Zärtlichkeit mit ihren Augen. Sie wirkt nicht beeindruckt. Marc schon. Von ihrer Beständigkeit, ihrem offenen Lächeln, ihren feinen Knien, ihrer Porzellanhaut, ihrem klaren Gesicht mit den blauen Augen, tiefblauen Augen wie Onyx und Lapislazuli dazu.

«Joss Dumoulin ist in Form, oder nicht?», fragt sie ihn.

«Na ja.»

«Er ist ein ganz hübscher Junge ...»

«Was? Der Zwerg?»

«Eifersüchtig?»

«Auf einen Gnom bin ich nicht eifersüchtig.»

Natürlich ist er eifersüchtig. Joss macht ihn nervös.

«Na gut, ich bin eifersüchtig. Man muss eifersüchtig sein im Leben. Sag mir, auf wen du eifersüchtig bist, und ich sage dir, wer du bist. Die Eifersucht beherrscht die Welt. Ohne Eifersucht gäbe es keine Liebe, kein Geld, keine Gesellschaft. Niemand würde einen Finger krumm machen. Die Eifersüchtigen sind das Salz der Erde.»

«Bravo!»

«Weißt du, warum ich dich liebe?», stammelt er zwischen zwei Küssen. «Ich liebe dich, weil ich dich nicht kenne.»

Dann setzt er hinzu:

«Selbst wenn ich dich kennen würde, würde ich dich wahrscheinlich lieben.»

«Schscht. Sei still.»

Sie hat ihren Zeigefinger auf Marcs Lippen gelegt, ganz sanft, auf dass nichts diese tellurische Begegnung zweier Wesen trübe. Und Marc begreift, dass er belogen wurde. Man hat ihn immer glauben lassen, dass nur das Unglück fühlbar wird, wenn man es erlebt, doch nie das Glück. Dass man das Glück erst nachträglich spürt, wenn es vorbei ist. Und dabei ist er glücklich, auf der Stelle, nicht zehn Jahre später, sondern in diesem Augenblick. Er sieht das Glück, er berührt es, küsst es, streichelt seine Haare und kostet jede Minute davon aus. Man hat ihn verschaukelt mit dieser Geschichte. Das Glück existiert, er findet es gerade.

Er winkt einem Kellner und fragt das Mädchen:

«Darf ich Sie auf eine Limonade einladen, Gnädigste?»

«Gern.»

«Zwei bitte.»

Der Kellner verschwindet. Das Mädchen scheint ein wenig erstaunt.

«Du kannst mich duzen, du weißt. Und ich erinnere dich daran, dass ich Anne heiße.»

Also hat Marc sie doch schon gekannt. Seine Eindrücke von Déjà-vu bestätigen sich. Und seine Gefühle ebenso. Anne hat mehr als die anderen Frauen auf der Party. Sie ist anders, sie ist eine Klasse für sich. Woran das liegt? Es ist nichts Aufregendes, ein paar kaum greifbare Einzelheiten: mehr Unschuld und Reinheit, sehr wenig Schminke, ein rosiger Schimmer auf den

Wangen. Ihre naive Zartheit und ihre Zerbrechlichkeit entsprechen Marcs Ängsten. Er möchte sie beschützen, dabei ist sie es, die ihn seit zwanzig Minuten beschützt.

«Ich habe ein Theorem erfunden und würde es gern an dir testen. Einverstanden?»

«Was bedeutet das?»

«Du sagst irgendwas, und ich frage dich dreimal, warum.»

«Gut. Ich habe Hunger. Ich werde ein Croissant essen.»

«Warum?»

«Um es in eine Tasse Tee zu stippen.»

«Warum?»

«Darum.»

«Warum darum?»

«Ebendarum. Es ist nicht sehr lustig, dein Spiel.»

Marc hat verloren. Anne wird nicht vom Tod sprechen. Sie ist viel zu schön, um zu sterben. Solche Mädchen sind zu nichts anderem da, als zu leben, zu leben und zu lieben, mit aller Kraft. Solche Mädchen ... das ist ein Klischee, er hat noch nie so ein Mädchen kennen gelernt. Marc neigt zu vorschneller Verallgemeinerung. Er tendiert zu einer Rationalisierung dessen, was ihm gerade widerfährt, wenn es längst zu spät ist: Seit einer guten Stunde ist er dem Irrationalen, dem Unvernünftigen, dem Antikartesianischen verfallen, kurz, seit einer guten Stunde ist er total verliebt, an Händen und Füßen gefesselt, besessen und verloren, wie in seinen Gedichten.

Er wäre fast untergegangen; wie durch ein Wunder hat er einen Rettungsring gefunden und sich an ihm festgehalten; er dachte, er sei gerettet; jetzt geht er trotzdem unter. Er könnte darüber heulen vor Freude in ihren mütterlichen Armen. Ja, es gibt ein Mädchen in Paris, bei dem einem die Tränen kommen, und sie musste ihm begegnen.

4.00 Uhr

«James Ellroy: Gibt es etwas, das Ihnen an ihm besonders missfällt?»

«Ja.»

«Ja, was?»

«Ja, der Tod.»

Interview mit Bernard Geniès,
in «Lui», Oktober 1990

Er bewundert Anne, die eine Love Bomb trinkt, und Tränen steigen ihm in die Augen, wenn er an den schönen Alkohol denkt, der in ihren hübschen Schlund rinnt, ihre süße Speiseröhre entlang bis zu ihrem reizenden Magen. Es gibt auf der ganzen Welt nichts Zarteres und Rührenderes als diese beschwipste Frau mit dem unsicheren Gang, den wässrigen Augen, der entgleisenden Stimme ...

«Der Suff steht dir gut», bemerkt Marc.

«Genau, mach dich nur lustig.»

Sie zieht im Licht kokett die langen Handschuhe wieder hoch. Sie öffnet gewandt das Silberetui. Sie klopft mit der Zigarette auf den Deckel. Und die Flamme lässt den Tabak knistern. Und ihr Gesicht verschwimmt in Mentholrauchkringeln.

«Warum rauchst du, du Arteriosklerotikerin?»

«Warum kaust du an deinen Fingernägeln, armer Onychophag?»

«Okay, ich hab nichts gesagt. Aber ich verbiete dir, vor mir zu sterben.»

«Ich weigere mich, alt zu altern.»

Mehrere Hottentotten-Venusse hüpfen auf der Bühne herum; eine von ihnen schüttelt drei Brüste – nur die mittlere ist nicht gepierct. An die Wand werden Wörter mit subliminalen Assoziationen projiziert:

Cyberporn
Epiphanias
Lucid Dreaming
Napalm Death
Angel Dust

Datura
Moonflower
Negativland
Mona Lisa Overground Highway
Babylon
Gog und Magog
Walhalla
Falbalas
...

Marc schafft es nicht, alles aufzuschreiben, weil seine Brille angelaufen ist. Alles erscheint gleichzeitig lüstern und prüde. Man kommt sich vor wie in einem keuschen Bordell, einem Pornokloster. Seit Aids ist alles unglaublich geschlechtlich geworden, gefickt wird aber weniger denn je. Eine Generation exhibitionistischer Eunuchen und aphrodisischer Nonnen.

Es herrscht eine feuchte Hitze wie im Innern eines Schnellkochtopfs. Die Eiswürfel in den Gläsern schmelzen im Handumdrehen. Sogar die Wände schwitzen in diesem Brutkasten. Jean-Georges robbt auf Anne und Marc zu, die einander ununterbrochen küssen, aufeinander liegend, im Freudenrausch. Er trägt die arrogante, verquollene Miene zu Schau, die von zu viel lauwarmem Champagner und erkalteten Hoffnungen kommt. Sein Frack liegt nass und schmutzig auf dem Boden. Man muss ihn einfach lieben, den Trottel.

«Süß, diese beiden! Warum kann ich nicht einmal eine Schwesterseele finden?»

«Vielleicht weil die sadomasochistischen Frauen mit Damenbart sich in letzter Zeit rar machen», schlägt Marc vor.

«Ja, du hast Recht. Ich bin wahrscheinlich zu anspruchsvoll, und dazu habe ich drei schlechte Angewohnheiten: Ich schlafe zu wenig, ich werde nicht richtig steif, und ich komme zu schnell ... Das ist nicht gerade ideal.»

Das gestoßene Eis verleiht seinem Glas Lobotomie das Aussehen eines Milkshakes. Eine dicke Ader pocht an seiner Stirn. Wie die große Mehrheit von Marcs Freunden ist Jean-Georges berufsmäßig arbeitslos. Er bekommt sein Geld an zwei sehr stark frequentierten Orten: dem Pfandhaus und dem Casino von Enghien. Marc versucht ihn zu trösten:

«Hör zu, Männer, die garantiert immer können, missfallen intelligenten Frauen zwangsweise. Wo bleibt denn da die Herausforderung? Eine fünfzigprozentige Ständerquote macht sie irgendwie an: Sex ist Suspense.»

«Ich stimme dir zu, deshalb sind die Filme von Hitchcock so erotisch. Aber das Problem ist, dass die Mädels nicht so denken wie wir. Wie sieht es aus, Fräulein, sind Sie meiner Meinung?»

Anne zieht eine Schnute.

«Wäre ich gern», widerspricht sie, «aber was würden Sie von einem Mädchen halten, das im Schnitt jedes zweite Mal frigide ist? Ich bin mir nicht sicher, ob Sie das genauso gut finden.»

«Sie hat Recht. Im Grunde ist das gar nicht mein Problem: Ich habe den Eindruck, sie erwarten solche Großtaten von mir, dass ich gleich Muffe kriege. Und dann versuche ich mit allen Mitteln darum herumzukommen, es zu tun. Daher mein Ruf, dass ich eine Niete bin ... «

«Weißt du, was du tun solltest? Du solltest behaupten, Aids zu haben, dann ziehen sie dir einen Gummi über ...»

«Hilfe!»

«Warte! Wenn sie ihn dir überziehen – große Erregung. Und vor allem verzögert das Präservativ die Ejakulation. Sie werden dich total ausdauernd finden. Man wird dich Duracell von Paris nennen! Das Präservativ ist die Dauerbatterie des Sex, Alter!»

«Du hast leicht reden! Mir fällt mit dem Gummi alles au-to-ma-tisch zusammen. Ach, scheiße, das ist mir alles zu kompliziert, ich mach das lieber allein!»

«Schon wieder deine Theorie von der Masturbationsgesellschaft! Du weißt, wo du hinwillst.»

«Ja, ich finde, man sollte zu seinem Wort stehen.»

Inzwischen fordert Aretha Franklin Respekt. Zurück an seinen Turntables, legt Joss Soul auf. Man darf sich glücklich schätzen. Marc hat Lust auf eine Logorrhoe ohne Punkt und Komma. Aber wie soll er in so einer Stunde auch klare Gedanken fassen? Sein Denken reicht ungefähr so weit wie bei einem, der seine Schreibmaschine mit Fausthieben traktiert. Das führt etwa dazu:

«uhtr!B !jgjikotggbàf!ngègpenkv(ntuj,kg
ukngqrjgjg (rjh k,v
kvviOYEASVGN)çlè à;à;, v' «i,jugjg(ijkggk (g(jgkjxe$/' ç!4»

Seine Gedanken lassen sich grob mit einem Werk von Pierre Guyotat vergleichen. Er notiert sie auf Post-its, denn er strebt nach Originalität um jeden Preis. Was ihn nicht daran hindert, das gleiche Buch zu schreiben wie jeder andere Trottel seines Alters.

Jean-Georges spricht mit Anne, Anne verschlingt seine Worte, und Marc wird ihn gleich massakrieren, wenn er so weitermacht:

«Du musst dir immer sagen, Anne, dass die ärgerlichsten Minuten im Leben eines Mannes die sind, die einer Ejakulation folgen und der nächsten Erektion vorhergehen (so sie denn kommt).»

«So schlimm?»

«Aber Liebes, das ist doch gerade das Salz des Lebens, dass

wir verschieden sind. Männer sind Wirrköpfe, Frauen sind *gewissenhaft* ...»

«Ach, das heißt doch nicht mehr viel. Frauen sind Männer und Männer sind Frauen ...»

«Und trotzdem gibt es in den Restaurants getrennte Klos», unterbricht Marc nervös.

«Ach, sieh an, aber wo ist Joss geblieben?»

Ihre Blicke schweifen zu der verlassenen DJ-Kabine.

Marc: «Und jetzt?» (...)

Eine Minute Schweigen.

Jean-Georges: «Jaaa.» (...)

Zwei Minuten ohne Worte.

Anne: «Tsss.» (...)

Drei Minuten stummes Kopfschütteln.

Marc: «Pfff.» (...)

Vier Minuten sinnschwangeres Schweigen und das Gluckern der Gläser, die gefüllt, geleert, gefüllt und wieder geleert werden.

«Nicht nur das Fleisch ist traurig», lässt Jean-Georges sich vernehmen, «sondern ich habe auch nichts gelesen.»

Marc beginnt gerade zu erahnen, wie es um die Elastizität der multikulturellen sozietalen Welt im Hinblick auf das Konzept der Vereinten Nationen bestellt ist, da bestellt Jean-Georges auf einmal noch eine Karaffe Lobotomie auf gestoßenem Eis.

Wie Marc sagt Jean-Georges nur völlig besoffen die Wahrheit ... Wenn sie getrunken haben, fällt die Last der Schüchternheit und der Sozialangst von ihnen ab ... Auf einmal erscheint es ihnen ganz leicht, alles zu sagen, vor allem die gewichtigen, persönlichen, schmerzlichen Dinge, die Sachen, die sie nicht einmal ihrer Familie erzählen, sprudeln ganz plötzlich aus ihnen heraus, und sie fühlen sich schrecklich erleichtert. Am nächsten Tag erröten sie, wenn sie nur daran denken. Sie bedauern ihre Ergießungen, beißen sich auf die Finger vor Scham. Aber es ist zu spät: Unbekannte wissen nun alles von ihnen, und sie können nur hoffen, dass diese Unbekannten, wenn sie sie das nächste Mal treffen, genau wie sie so tun, als hätten sie alles vergessen ...

Ein Schrei unterbricht ihre Hirngespinste. Es ist ein unglaublicher Schrei, ein Gemisch aus Schmerz und Freude. Joss ist wieder am Steuerpult der CDs aufgetaucht und frohlockt. Er stellt dieses Glücks- und Leidensgebrüll auf volle Lautstärke, und die paar Überlebenden erheben sich, um ihrerseits loszuplärren. So etwas haben sie noch nie gehört. Ist das eine neue Platte? Ist das ein Band aus dem Archiv von Amnesty International? Die «Top Ten der türkischen Knäste»? Die «Assimil-Methode für ethnische Säuberungen»? Der Schrei wird auf ihr Großhirn gekabelt. Erhebender Kulminationspunkt. Terror und Glückseligkeit. Ein Klang wie dieser macht Lust aufs Fremdgehen. Scham, dass man so menschlich ist.

Die Tanzfläche erwacht aus ihrer vorübergehenden Schläfrigkeit, um in die gierigste Hysterie zurückzuverfallen. Vornehmste Akrobatik. Sarabande saturierter Satyrn! Der Schrei blendet diese Dämonen der Zerstörung, die Gentlemen, die nicht einmal Einbrecher sind. Hinreißende *Hasen*, bis vor zwei Minuten noch völlig schlaff, hopsen jetzt in dieser Atmosphäre zivilisierter Seropositivität herum. Ein Go-go-Girl steckt sich auf einer Bühne eine Taschenlampe in die Vagina, um ihren Bauch von innen zu beleuchten.

Dieser Schrei brennt sich ein. Nur die Trockeneisnebel bleiben unbeeindruckt. Der Mensch ist kein Schilfrohr. Der Mensch ist ein denkender Roboter, das ist die ganze Wahrheit.

Er braucht einen Schrei, um aufzuwachen. Marc ist gerade bei der informationstechnischen Analyse der bioseismischen Umweltbereiche, als Jean-Georges auf einmal noch eine Karaffe Lobotomie auf gestoßenem Eis bestellt.

Wozu ist eine Frau wie Anne zu gebrauchen, denkt Marc, außer zum Frühstück im Bett in einem nach Jicky duftenden Zimmer, um Liebe zu machen oder panierte Schnitzel? Der bretonische Hummer wird sonntags auf dem Markt in der Rue Pocelet gekauft und endet verbrüht nachmittags auf dem Tisch. Diese Anne sieht aus, als würde sie im XVII. Arrondissement einkaufen. Die Händler müssten sie beim Vornamen nennen: «Und was darf's heute für Fräulein Anne sein?» Sie ist der Typ Mädchen, der auch mit einer Einkaufstasche voll Kartoffeln anmutig wirkt. Er kann sie sich gut auf einer Hochzeit in Les Baux vorstellen, wenn der Mistral weht. Die Trachtenhäubchen werden bis zu Baumanière fliegen (13 520 Les-Baux-de-Provence, Tel. 90 54 33 07, hervorragende Lauch-Ravioli mit Trüffeln). Ja, Anne würde nicht schlecht aussehen mit einem weißen Kleid und ein paar Reiskörnern in den Haaren. Dann müsste man nur noch mit ihr nach Goa reisen, um ihre Bildung zu vervollkommnen. Anne würde noch am selben Tag die Sintflut des Monsunregens und den Rauch der Datura kennen lernen. Sie würden sich mit Tandoori den Magen verderben und Malariamittel in Überdosen nehmen. Die Flieger nach Bombay würden wegen der Überschwemmungen nicht starten, und sie wären gezwungen, sich zu lieben, um sich die Zeit zu vertreiben. Aber warum denkt er über all das nach? Ihr Gesicht verführt zum Reisen.

Er hat seine Lumpen wieder angelegt. Jean-Georges kehrt mit gesenktem Kopf zur Truppe zurück. Agathe Godard hat sich auf die Schultern Guy Monréals geschwungen, um eine Runde Blindekuh zu eröffnen. Grell geschminkte Inkubation. Amnestische Abdrift. Monströses Matschgefühl. Die nächste Karaffe Lobotomie auf gestoßenem Eis bestellt Marc selbst.

Später tanzt er einen unwahrscheinlichen Jerk mit der nacktschultrigen Anne. Joss mixt den Schrei mit einem Rhythmus, dass man gar nicht anders kann. Marc versucht eine gute Figur zu machen. Er ist lächerlich. Ist Ihnen schon aufgefallen, dass Leute, die Angst haben, sich lächerlich zu machen, es mehr sind als alle anderen?

Fab und Irène gehen durch die goldbraune Gischt, die den Morgen mit einer Aureole umrahmt.

«Heute Abend», sagt Fab, «ist etwas mit uns passiert. *Wir sind ein Teil der Lautsprecher geworden.*»

Und das wirkt nicht virtuell. Die Nacht lässt keine andere Wahl: beachtet wie Fab oder kraftlos wie Joss.

Trotz des Furcht erregenden Schreis, der um sie herum Hysterie auslöst, sind Anne und Marc einander näher gekommen. Sie haben miteinander gesprochen, ohne Worte zu brauchen. Und als sie sich an ihn schmiegte, tat Marc es ihr nach.

5.00 Uhr

«Wozu leben, wenn Sie sich für nur zehn Dollar beerdigen lassen können?»
Amerikanischer Werbeslogan

Allmählich ist es unabsichtlich fünf geworden. Enttäuschtes Gähnen zeugt von Langeweile. Es kommt der Moment der Erschlaffung, der Verderbtheit. Beziehungen und Lebern haben sich friedlich selbst vernichtet, man muss sich neu frisieren. In einem Nachtclub um fünf Uhr morgens sind nur noch apoplektische Loser und lethargische Spaßvögel übrig, die ohnehin wissen, dass sie keinen Stich mehr machen. Ein Glas in der Hand und mit gekrümmtem Rücken sieht man sie durch die Säle schlurfen. Die Clubmen drehen sich wie Geier im Kreis und suchen nach den schönen Mädchen, die alle hässlich geworden sind.

Nur Anne sprüht mittendrin aus blauen Augen. Marc beschließt, ihr auf der Stelle ein Kind zu machen.

«Wer zuerst einen Orgasmus hat, bringt morgen das Frühstück ans Bett.»

Er schleppt sie zu den Toiletten. Und erstaunlicherweise kommt sie mit.

Er öffnet die Tür zum Damenklo, schließt sie gleich wieder und bittet Anne, nicht hineinzugehen. Was er sieht, ist so unbeschreiblich, dass wir es besser gleich hier beschreiben. Am Anfang steht der beißende Gestank von geschmolzenem Wachs, heißem Blut und frischer Galle. Er öffnet die Augen und will sie gleich wieder schließen. Dann öffnet er sie wieder und schaut, denn er will immer alles SEHEN. Das ist alles, was er kann: SEHEN. Das hat man ihn von klein auf gelehrt. Und je unerträglicher das ist, was er sieht, desto gebannter starrt er es an, geben wir's zu.

Die Fotografin Ondine Quinsac lebt immer noch, an eine Tür gekreuzigt, den Bauch mit dünnen, blutig geschwollenen Striemen überzogen, die an Orangenschalen erinnern. In ihrem Nabel hat man eine Zigarette ausgedrückt. Solange Justerinis abgerissene Brüste dienten als Nadelkissen. Sie atmet noch durch den Reißverschluss ihrer schwarzen Gummimaske. Und im epilierten Geschlecht der ohnmächtigen Pressereferentin steckt eine Hand voll brennender Kerzen wie in der 148. mörderischen Passion der *Hundertzwanzig Tage von Sodom.* Die Tortur der drei Frauen ist das Werk eines Gebildeten. Sie stöhnen – es muss einen komischen Eindruck machen, dass jemand sich freiwillig solchen körperlichen Qualen aussetzt – unmittelbar neben einem sprechenden Präserautomaten, der sagt: «Ver-ges-sen-Sie-nicht-die-BRONX-Gleit-creme! Va-se-li-ne-zerstört-das-La-tex.»

Vor Ondines Mund hängt ein kleines schnurloses Mikro an einem Stirnband. Sie flüstert hinein:

«Danke Joss danke danke genug nein. Stopp.»

Der Ton wird direkt in den Saal überspielt. Auf dem Papierspender liegt ein tragbares Aufnahmegerät, es ist drahtlos mit der Anlage verbunden.

Der Schrei, der das Klo zum Tanzen brachte, war das fassungslose Leiden der drei Frauen auf Digital Audio Tape. Joss hat sein Szenario perfekt geplant, das begreift Marc in diesem Augenblick, er begreift, dass er von Anfang an nichts begriffen hat und dass Gott die Backrooms hasst.

Die Musik geht weiter: Nein ah nein ah neiiin das nicht Pee Pee Pee Pon Pon Tudi Tudi Zzzza. Rückkopplung. Ein Morgen mit 140 bpm. Nicht jede Morgenröte ist ein grünes Leuchten.

An diesem Ort, exakt zu diesem Zeitpunkt schießt Marc das beste Polaroid seiner Laufbahn. In der darauf folgenden Minute wächst sein ganzer Bart nach.

Dann kommt Joss Dumoulin aus der Toilette. Er schwankt vor Müdigkeit. Sicher hat er Beruhigungsmittel genommen. Er schwitzt Lexomil aus. Wenn es nicht Rohypnol ist. Schießen Sie nicht auf den DJ – er fällt bereits in seinen paradoxen Schlaf. Das Licht wird weiß, die Lautsprecher implodieren. Die Trommelfelle sind längst hinüber. Afterhour. Joss zittert im Fieber.

«Mmgrrllbbmrrr ich lass nach, bin kurz vorm Umfallen, ich alter Penner, hallo Anne und Marc, hat der ein Schwein, der blöde Marronnier, ich muss dran denken, mir das Hirn überholen zu lassen, wo ist Clio? Und was wird als Nächstes aufgelegt? Mir dreht sich der Schädel, und dieser Knoten im Magen, verdammter Abstieg, wann wirkt das Antidepressivum endlich? Ich sollte mal schlafen, ja, ein, zwei Monate in einer Hängematte, aber man ist ja so allein auf dieser Welt, grauenhaft ... Achtung, du sollst an was anderes denken, tief durchatmen, vorsichtig, ganz ruhig, diese künstliche Angst, schrecklich, es ist doch nur die Droge, dass du glaubst ... So allein, keiner da, KEINER ... Lauter Fremde, wissen die alle nicht, WER mich hier lieben wird? Nur nicht die Augen schließen, Zähne auseinander, Wasser trinken, ja, schnell ein Glas Wasser. Aber ... Was? Warum schaut ihr mich so an?»

Marc und Anne sehen Joss Wasser aus der Leitung trinken, zitternd, seine Peitsche in der Hand. Sie sehen ihn an, sehen einander an und gehen angewidert weg. Joss brüllt ihnen nach:

«Was ist denn los? Diese Schlampen haben damit angefangen! Ich tu, was ich will! Ich bin JOSS DUMOULIN, scheiße!

Ich darf alles! Ihr wisst doch gar nicht, was das heißt, JOSS DUMOULIN zu sein! Das heißt KEIN PRIVATLEBEN MEHR! Ich bin weltbekannt! Alle beten mich an! Ich bin allein!»

Sein Gebrüll verliert sich im Stimmengewirr und wird leiser, je weiter Anne und Marc die Treppe zum Ausgang hochsteigen.

Allein mit seinen drei Opfern, fällt Joss auf die Knie und murmelt:

«Ich bin berühmt ... He, Mädels, sagt ihnen, dass ihr euch all meinen Launen unterwerfen wollt ... Ich bin doch ein schlichtes Gemüt geblieben, nicht wahr? ... Ich bin doch nicht superschlau ... Jede von euch kriegt von mir tausend Dollar.»

Die Sekunden sterben in Minuten zu Sechzigergruppen. Nur seine Gastritis fängt womöglich wieder an. Manchmal hält er ganze zehn Minuten die Augen offen, und es brennt. Manchmal hält er ganze zehn Minuten die Augen geschlossen, und es brennt noch mehr. Er setzt seine Gasmaske auf, die aus dem Ersten Weltkrieg stammt.

Joss ganz allein, eine Übernachtung lang.

Die Kamera filmt ihn fast in Nahaufnahme, auf allen vieren und wie ein Asthmatiker schnaufend; Gasmaske und Audiohelm machen aus ihm ein überdimensionales Insekt. Man hört kaum, was er grummelt, doch wenn man die Ohren spitzt, könnte man trotz des Stöhnens der drei Frauen tatsächlich meinen, dass Joss tropft.

Dann eine Kamerafahrt rückwärts, Weitwinkel auf die Tanzenden in ihren Zuckungen, die Treppe hinauf, zehn Zentimeter über dem Erdboden schwebend, schließlich Marc Marronnier am Eingang. Er lehnt an der Wand und schreibt in einem Zug seinen Bericht, während Anne ihre Garderobe holt.

Eine Nacht im Klo

Nein, das ist nicht der Titel des neuesten Krimis. Sie müssen sich daran gewöhnen: Der Club, der diesen Winter noch von sich reden machen wird, hat einen Namen, der zweideutige Scherze geradezu herausfordert. Die Place de la Madeleine hat sich noch immer nicht davon erholt.

Gestern Abend sind einige Prominente unter den Lebenden wieder auferstanden. Unsere Freundin **Loulou Zibeline**, strahlend wie immer, beeindruckte mit geistreichen Aperçus. Die talentierte junge Stylistin **Irène de Kazatchok** blieb den ganzen Abend an der Seite von **Fab**, dem bekannten Animateur, der mit seinem Outfit mehr als einen der Anwesenden verblüffte (s. unser Foto von **Ondine Quinsac**)!

In die ausgesprochen originelle postmoderne Location, die wie eine überdimensionierte Sanitärinstallation aussieht, hatte **Joss Dumoulin** (der DJ, den man nicht mehr vorzustellen braucht) die Crème de la crème zu einer rauschenden Ballnacht geladen: Das Ehepaar **Hardisson**, das auf Nachbarschaftsbesuch kam, hätte einen Babysitter für das Neugeborene gebraucht; Top-Model **Clio** war sehr sexy in einem Kleid von unnachahmlicher Eleganz (der temperamentvolle Produzent **Robert de Dax** hatte übrigens nur Augen für sie, obwohl er als Begleiter seines neuen Schützlings **Solange Justerini** auftrat!); und **Jean-Georges Parmentier** gab wieder sein Bestes, um für Stimmung zu sorgen ...

Zur Krönung des Abends gab es nach einem fürstlichen Diner noch ein paar unterhaltsame Überraschungen: einen Auftritt der Gruppe **Nique Ta Lope** und eine gewaltige Schaumschlacht, bei der, wenn man so will, eine Welle der Euphorie auf alle überschwappte.

Das Klo, Place de la Madeleine, 75008 Paris

Marc schraubt seinen Füller zu und küsst anschließend Anne. Morgen bekommt er dafür tausend Francs. Das reicht gerade für die Reinigung.

6.00 Uhr

«Ist das deine Antwort auf alles: Trinken?»
«Nein, das ist meine Antwort auf gar nichts.»
Charles Bukowski
I love you, Albert / Hot Water Music

Anne und Marc verdrücken sich auf Französisch. Niemand tanzt mehr. Vor der Tür stolpern sie über ein paar Medusen in Menschengestalt. Sie verabschieden sich auf der Treppe von Donald Suldiras, dessen Stehkragen blutverschmiert ist. Ali de Hirschenberger hält einen Kerzenleuchter, Baron von Meinerhof spielt mit seiner Reitgerte. Die Freunde von Joss drängen zum Ausgang und rauchen eine Zigarette nach der anderen. Push-ups baumeln von dem großen Kristallleuchter.

Sie geben zehn Francs für die Garderobe aus und fünf Francs für die alte Dame, die vor dem Ausgang auf dem Bürgersteig liegt.

Im Klo läuten die letzten Überlebenden die vorletzte Runde ein, geben abschließende Klischees von sich, verweigern sich dem Strafgericht des Morgens, kurz, versuchen die Nacht zurückzuhalten für-uns-zwei-bis-ans-Ende-der-Welt. Sie machen auf dicke Hose, malen sich aus, was man zu dem Melodrama noch alles dazudichten muss, und wollen doch nichts lieber, als nach Hause schlafen gehen.

Sie werden nicht mehr über einen Haufen Freunde trampeln. Sie werden nicht mehr auf den Dächern kentern. Wo sind die untrinkbaren Cocktails? Die im rechten Moment geneigten Dekolletés, die traumwandlerische Musik, das milchige Licht, die Angeber in der Gischt, die betrunkenen Polizisten, der verstörte Typ, der sie mit seiner schmutzigen Spritze bedroht? Sie werden überleben. Sie taumeln über den Asphalt. Sie werden viel später sterben, ohne große Geschichten. Die Welt ist fast prachtvoll. Der Tag summt vor Verheißungen.

Kurz, die Erde dreht sich weiter.

Sie treffen Fab und Irène. Irène behauptet, für Leute wie sie gebe es in den USA einen Namen: Eurotrash.

Die Passanten sind auf dem Weg zur Arbeit. Die Metro-Schlünde spucken schubweise Aktenkofferträger. Ein Glaser repariert die Scheiben von Ralph Lauren. Bei Fauchon öffnen sich die Metallrollläden.

Marc träumt von einem virtuellen Abend – einem Abend, der nicht stattfindet. Am Eingang wäre eine Gästeliste angeschlagen. Jeder, der draufsteht, dürfte sich ausmalen, was passiert sein KÖNNTE. Jeder erfände seine eigene Geschichte. Der virtuelle Abend ist eine ideale Nacht, ein Film mit Weichzeichner. Ein stummer Lärm. Bei einem virtuellen Abend läuft niemand Gefahr. Bei einem virtuellen Abend würde Anne nicht vor Kälte zittern, und Marc hätte keine Lust, auf der Place de la Madeleine wie die biblische Magdalena zu flennen.

Auf einmal wird alles hell. Marc erinnert sich; er macht ein schlaues Gesicht. Diese Anne … nicht nur, dass ihm ihr Gesicht nicht unbekannt ist, er hat sie sogar schon einmal geheiratet vor zwei Jahren. Der Rausch hat ihn verwirrt – Marc hat den ganzen Abend damit verbracht, nach etwas zu suchen, was er schon an der Hand hatte.

Freude ist etwas ganz Einfaches: Am Ende eines frühen Morgens eine Hand in der seinen drücken. Gehen. Atmen. Danke sagen, aber zu wem? Es gibt Momente, da scheint das Glück unvermeidlich. Marc beginnt in seinem Kopf Sätze zu hören wie: «Liebe wird die Welt erlösen.»

Natürlich ist er verheiratet. Und dann auch noch aus Liebe. Marc liebt altmodische Freuden. Und das schöne, frisch verheiratete Paar, das durch das VIII. Arrondissement geht. Irgendwie ungehörig, fast wie Terroristen. Nur dass ein Anhänger der Action directe es nicht lange aushalten würde unter ihrer Führung. Leider halten sie sich für Abenteurer der modernen Zeit: Sie nehmen Estragon zum Lammkotelett. Sie essen sehr reifen Camembert und schenken sich roten Burgunder nach. Sie verdaddeln ihre Brillen unterm Bett. Die Liebe ist ein Bund Radieschen, das man in Tarascon kauft und mit grobem Salz auf einer Bank verzehrt. Sie kommen gemeinsam zum Höhepunkt. Sie putzen sich gleichzeitig die Zähne. Sie geben sich redlich Mühe, das Wunder weitergehen zu lassen.

«Ich glaube, es war richtig, dich zu heiraten», sagt Anne, schön wie ein Bonbon.

«Wenn du es nicht getan hättest, wäre ich tot und begraben», sagt Marc. «Warum bist du ins ‹Klo› gekommen? Um mich zu überwachen?»

«Um mich zu vergewissern, dass du wirklich an der Bar lehnst und jammerst. Einmal mehr muss ich feststellen, dass du mich einen ganzen Abend mit dir selbst betrogen hast.»

Marc nutzt die Gelegenheit, um sie zu betatschen. Er findet das normal, schließlich ist er mit ihr verheiratet. Sollte sie sich beschweren, hat er ein ordnungsgemäßes Familienstammbuch vorzuweisen. Die Gesetze der Republik sind auf seiner Seite.

Etwas später, im Taxi, sagt Anne zu ihm:

«In New York sind die Taxis gelb, in London schwarz und in Paris scheiße.»

«Warum bezahlt man im Taxi eigentlich immer erst am Ende? Sie müssten im Voraus kassieren.»

«Sie vertrauen uns blind. Du sagst ihnen, wo du wohnst, und sie fahren dich ganz naiv da hin.»

«Dabei können sie gar nicht sicher sein, dass man die Fahrt auch bezahlt.»

«Wenn du erst einmal dort bist, drehen sich die Taxifahrer um und schauen dich dumm an, als ob ihnen plötzlich klar geworden wäre, dass sie von dir Geld wollen, das du dir hättest sparen können, wenn du gelaufen wärst.»

«Sechzig Francs bitteschön», sagt der Taxifahrer und dreht sich etwas besorgt zu ihnen um, denn sie sind angekommen.

Wozu den Tag sehen? Er strahlt zu viel Helligkeit aus. Vom fahlen Himmel geblendet, können die Augen nichts mehr erkennen. Vögel fliegen, Hunde bellen, das Ehepaar kommt nach Hause. Die Ferien im Koma enden bei vollem Tageslicht. Der Morgen ist gelb wie ein Käseomelett.

Es ist nicht schwer, das VIII. Arrondissement zu verlassen. Ihre Seelen gehen Hand in Hand. Sie fliehen: Heute ist auch noch ein Tag. Vielleicht schlafen sie auch im Gehen, zu faul, um falsch zu spielen. Marc stirbt vor Hunger, aber er weiß schon, dass er wieder nichts runterkriegt. Er hat nicht einmal Kopfweh. Er wird um seinen Kater gebracht.

Morgen ist ein Küsschen auf den Hals. Morgen ist Nieselregen auf deiner Stirn. Morgen ist eine Laufmasche im Strumpf, der Träger eines BHs. Morgen ist ewiger Fasttag. Morgen wird die Nacht schweigend beschlossen. Jemand wird ihm mit einem Baseballschläger den Rest geben. Zum ersten Mal in seinem Leben findet sich Marc damit ab, *normal* zu sein. Außerdem steht eines fest: Vor lauter Verliebttun wird man es wirklich.

Sie sind die Moral dieser unmoralischen Geschichte. Der Rest ist Literatur.

Marc hat Joss Dumoulin nie wieder gesehen. Manchmal fragt er sich sogar, ob es Joss wirklich gab.

7.00 Uhr

«Das Taxi ist Kissen,
die Straßen sind Decken,
die Morgendämmerung ist mein Bett.»
Richard Brautigan,
Japan bis zum 30. Juni

Und so brachte Anne Marronnier ihren Mann zurück nach Hause. Beim Zubettgehen hatte er das letzte Wort:

«Die Sonne erhebt sich, und ich auch nicht.»

Der Staubsauger des portugiesischen Zimmermädchens war ihr Wecker.

Verbier, 1991 – 1993

Der Autor möchte gerne folgenden DJs für ihre wertvolle Hilfe und für ihre moralische Unterstützung während der Abfassung dieses Buches danken:

Pat Ca$h (Chantier de la Défense)
Philippe Corti (Le Sholmes)
Sister Dimension (Le Boy)
Laurent Garnier (Power Station)
Albert Grintuch (Le Balajo)
David Guetta (Le Queen)
Hughes (Les Bains)
Jacques Romenski et José Rubi-Lefort (Castel)
Philippe Sollers (L'Infini's)